이과생이 풀어쓴 국어 문법

이과생이
풀어쓴
국어 문법

초판 1쇄 인쇄_ 2020년 02월 15일 | **초판 1쇄 발행_** 2020년 02월 20일
지은이_대곽이(백용환·장현훈·김지민·김서준·장형석·최지항·정지원·박지헌) | **엮은이_**김묘연
펴낸이_진성옥 외 1인 | **펴낸곳_**꿈과희망
디자인·편집_윤영화·성숙
주소_서울시 용산구 한강대로 76길 11-12 5층 501호
전화_02)2681-2832 | **팩스_**02)943-0935 | **출판등록_**제2016-000036호
E-mail_jinsungok@empal.com
ISBN_979-11-6186-076-3 43810

이과생이
풀어쓴
국어 문법

백용환
장현훈
김지민
김서준
장형석
최지항
정지원
박지현

대곽이 지음
김묘연 엮음

꿈과희망

머리말

새 학기가 되면 학생들과 이런저런 이야기로 수업을 시작합니다. 많은 이야기들 중에 '국어 문법' 단원을 싫어하는 친구들의 이야기는 해마다 반복됩니다. 간혹 드물게는 문법의 규칙성을 찾는 것을 즐기는 학생들이 있기는 하지만 말입니다. 학생들에게 국어 문법의 중요성이나 필요성을 당위적으로 논하기에 앞서 문법을 좀 더 쉽고, 새로운 시각으로 접근해 볼 수는 없을까? 라는 고민으로 '알기 쉬운 문법 책쓰기' 프로젝트를 시작했습니다.

'알기 쉬운 문법 책쓰기' 프로젝트는 자신이 정한 문법 주제를 특정 독자를 대상으로 알기 쉽게 자신만의 방식으로 풀어쓴 문법책을 만드는 것이었습니다. 독자에게 쉽게 설명하기 위해서는 많은 정보와 자료를 수집해야 하고 이를 잘 구성하여 쉽게 전하기 위한 전략도 세워야 합니다. 단계별로 산재한 문제들의 해결책을 스스로 찾고 그에 적절한 표현이나 삽화까지 고민하여 글을 쓰게 되는데 이 과정을 통해 글쓴이는 국어 교과 수업을 넘어 자기주도적 학습 방법을 익히게 됩니다. 이처럼 이 프로젝트는 독자를 이해시키기 위한 글쓰기를 하는 동안 스스로 가장 명확한 '앎'이 생기도록 하는 것을 목표로 하였습니다.

프로젝트를 단계별로 진행하면서 탐구 주제를 매우 흥미롭게 파헤쳐 나가는 학생들도 있었으나, 힘겨워하는 학생들도 있었습니다. 문법 자료에 대한 일차적인 이해를 넘어 자신의 지식 체계를 거쳐 새롭게 풀어쓰는 과정이 쉽지만은 않았을 것입니다. 하지만 이 프로젝트는 수집한 자료들을 보기 좋게 편집하여 발표하는 것에서 끝나지 않고 자신만의 책으로 만드는 동안 자신이 알고 있는 것과 무엇을 모르는지를 명확하게 인지할 수 있도록 했습니다. 그 순간에 일어나는 질문과 그 답을 찾는 탐구 과정을 거치고 해결방안을 제시하면서 시험이 끝나면 기억에서 사라지는 공부가 아닌 '진짜 공부'를 하게 되는 것이지요.

이 프로젝트를 진행하면서 문법 단원을 탐구학습으로 접근해 보는 데 그치지 않고 이를 심화하고 정리하는 데까지 나아갈 수 있음을 확인하였습니다. 상황에 따른 여러 보완책이 필요하겠지만 국어 문법 학습법으로 책쓰기 프로젝트를 다양하게 활용할 수 있으리라 기대합니다.

한편 시간이 부족해 학생들이 이 프로젝트에만 집중할 수 없었던 점은 아쉬운 점으로 남습니다. 좀 더 심도 깊고, 다양하게, 여러 친구들과 나눔의 시간을 가질 수 없어서 무척 안타까웠습니다. 끝까지 최선을 다해서 프로젝트를 완성한 학생들에 대한 고마움과 자료를 공유하고자 책으로 엮게 되었습니다.

많은 이들이 '문법'을 판에 박힌 듯이 공부하고 곧 싫증을 냅니다. 이 책은 이러한 학습법에 문제의식을 가지고 새롭게 풀어쓴 국어 문법책입니다. 일반적으로 볼 수 있는 요약정리 유형의 문법책의 틀을 깨고 대화체로 독자에게 친근하게 이야기로 접근하기도 하고, 퀴즈 형식으로 흥미를 도우며 학생들이 자주 쓰는 언어 사례를 제시함으로써 좀 더 학습자들에게 친숙한 자료들을 통해 국어 문법을 설명하고 있습니다.

어떤 부분은 관점을 달리하면 국어 문법에 대한 논쟁이 생기기도 하겠으나, 이 책은 '학교 문법'이라는 테두리 안에서 쓴 것임을 감안해 주시길 바랍니다. 이 책은 일차적으로는 정보전달을 목적으로 하지만 오늘날의 언어 사례를 많이 담고 있어서 학생 글 자체가 또 다른 탐구 자료로 쓰일 수도 있을 것입니다. 이 책을 읽고 주제 토론을 하거나 새로운 탐구 주제를 제시할 수도 있는 의미 있는 텍스트가 될 것입니다.

한 권의 국어 문법책으로써 체계적으로 단원을 구성하진 못 했지만 학생들의 창의적인 발상으로 기존 문법책의 꼴을 탈피하여 제시하였다는 점은 매우 자랑스럽습니다. 누군가 이 책을 초석으로 하여 국어 문법 심화편을 구상한다면 더할 나위 없이 기쁠 것입니다.

끊임없는 탐구력과 과제 집착력을 가지고 이 프로젝트에 참여해 준 대구과학고등학교 1학년 학생들 모두에게 감사함을 전합니다. 그리고 탈고의 과정을 더 겪게 한 이 책의 저자들에게도 감사합니다. 학생들의 글을 하나하나 읽고 피드백을 해 주신 김영식 선생님의 도움으로 이 책의 방향을 찾을 수 있었습니다. 학기 중 긴 호흡으로 이뤄지는 책쓰기 프로젝트 활동을 이해하고 지지해 주신 석창원 교장 선생님, 구교석 교감 선생님께도 감사함을 전합니다.

2020년 2월
묘샘 씀.

목차

언어 속의 국어

백용환

프로필

- **백용환**

  초등학교, 중학교를 서울에서 보내고, 대구로 내려와 2019학년도에 1학년으로 대구과학
  고등학교에 재학중으로, 물리와 수학을 좋아하는 학생입니다. 소설책이나 시를 읽는 것
  을 좋아합니다. 중학교, 그리고 고등학교에서 문법에 대해 배우면서 더 궁금했던 내용을
  이번 기회에 더 공부했었고, 제가 공부한 내용을 책으로 쓰게 되었습니다. 비록 부족한
  실력이지만 열심히, 최선을 다해 썼으니 읽어주시면 감사하겠습니다.

머리말

이 책은 중등교육과정의 문법에 관한 내용을 이수하고, 교육과정에 있는 문법 이외의 더 추가적인 내용을 공부하고 싶어 하는 고등학교 3학년, 혹은 대학생 1학년들을 위해 쓴 책이다. 그러한 학생들을 위해서 어떤 내용을 써야 하는지 고민하다, 현재 교육과정에 나와 있는 음운의 변동, 높임 표현 등은 충분히 배워왔고 그런 내용을 쓴다면 오히려 흥미가 떨어질 것이라고 생각되어 '국어'라는 것에 대해 좀 더 본질적인 주제에 대해 써 보고자 결심을 하게 되었다.

국어에서 좀 더 본질적인 내용은 과연 무엇일까? 우리가 배우는 국어도 결국에는 전 세계의 수많은 언어 중 하나의 언어이다. 즉 국어를 제대로 이해하기 위해서는, 언어에 대해 이해하는 것이 필수불가결한 과정인 것은 당연하다.

언어에 대한 기본적인 이해를 통해 '언어'와 언어에 포함되어 있는 '국어'에 대해 더 알아보면서, 국어에 대한 관심을 높여 흥미를 가지도록 하여 이 책으로 끝나지 않고 학생들이 더 많은, 어려운 책들을 찾아보면서 교육과정 때문이 아닌, 스스로의 호기심을 통해 문법에 대해 공부하도록 하는 것이 나의 목표이다.

목차

1. 언어에 대해서

대곽이 : 선생님! 우리가 언어에 대해 알아보는 이유가 뭐예요?

백 선생님 : 가장 큰 이유는, 우리가 당연하게 여기는 것들을 알아 보면서, 문제를 제기하고 문제를 해결하고 탐구력을 기르는 것이 란다. 너는 학교에서 배우던 문법보다 더 어려운 내용을 알아보 고 싶어서 날 찾아온 거 아니니? 너도 알겠지만, 국어도 결국에 는 언어란다. 그래서 나는 이번에 너한테 국어의 문법들을 다루 기보단, 언어에 대해 알려 주고 싶단다.

대곽이 : 그렇군요! 그럼 저희는 뭐부터 배울 것인가요?

백 선생님 : 지금은 먼저 언어에 대해, 여러 가지 특성, 종류, 그리고 그 기능에 대해 알아보려고 한난다. 수업이 조금 지루할 수도 있 으니, 정신 똑바로 차리고 들으렴!

1) 언어란?

백 선생님 : 언어란 뭐니?

대곽이 : 음……. 언어는 그냥 말이나 알파벳, 한글 같은 문자를 말하는 거 아니에요?

백 선생님 : 그렇게 생각하는 사람들도 많지. 하지만 틀렸단다. 국어사전에 따르면 그 뜻은 "생각, 느낌 따위를 나타내거나 전달하는 데에 쓰는 음성, 문자 따위의 수단, 또는 그 음성이나 문자 따위의 사회 관습적인 체계"란다.

대곽이 : 아하, 그렇군요!

2) 음성 언어와 문자 언어

백 선생님 : 음성 언어와 문자 언어에 대해 좀 더 자세히 살펴보자.
먼저 둘의 차이점을 간단하게 설명해 줄게. 우리는 음성 언어로
말하기와 듣기, 문자 언어로 쓰기와 읽기를 하지. 대체로 음성
언어는 시간과 공간의 제약을 받지만, 문자 언어는 그런 제약을
받지 않는다는 특성이 있고, 음성 언어는 내용을 대화를 통해
직접 전달하는 데 반해 문자 언어는 상대적으로 간접적으로 전
달하지.

대곽이 : 이런 차이는 왜 발생하는 것일까요?

백 선생님 : 문자 언어는 원래 그 목적이 음성 언어를 문자로 옮겨
놓은 것이란다. 그렇기 때문에 이런 차이들이 생기고, 음성 언어가
언어 탐구의 일차적인 대상, 문자 언어가 이차적인 대상이 되지.

	이해 기능	표현 기능
음성 언어	듣기	말하기
문자 언어	읽기	쓰기

대곽이 : 아하, 그래서 말의 수가 문자의 수보다 많은 건가요?

백 선생님 : 맞아. 실제로 각각을 사용하는 사회의 수는 차이가 난

단다. 세상에는 수천 개의 언어가 있다고 그러는데, 이것은 말에 해당되고, 문자는 수백 개 정도가 있다고 한단다. 문자에 대해 좀 더 자세하게 알아볼까? 문자는 한글을 포함한 몇 예외들을 빼면, 수천 년에 걸쳐서 '그림 문자 → 상형 문자 → 표의 문자 → 음절 문자 → 음소 문자'로 진화되어 왔다고 해.

대곽이 : 우와, 많은 과정을 거쳐 왔네요. 한글은 그림 문자나 그런 것 없이 바로 창제되어서 예외로 두는 건가요?

백 선생님 : 맞아. 그런 면에서도 한글이 각광을 받고 있는 거지. 먼저 그림 문자는 간단하게 말하면 그림 같은 것으로 의미를 전달하는 문자 체계를 얘기해. 의미를 전달하고자 사용되어서, 문자로 취급을 하지. 하지만 객관성, 규칙성이 없어서 문자로 보기 힘든 면도 있어.

백 선생님 : 자, 이 그림을 보면 넌 무슨 생각이 드니?

대곽이 : 음, 뛰는 사람을 표현하려는 거 같아요!

백 선생님 : 너의 말도 일리가 있단다. 너처럼 어떤 사람은 뛰는 사람을 의미한다고 볼 수 있고, 또 어떤 사람들은 여기로 도망치라는 의미가 있다고 볼 수도 있지. 그런 면에서 객관성을 가지지 못했다는 거야.

백 선생님 : 이제 상형 문자를 얘기해 볼까? 상형 문자는 그림 문자 다음의 단계로, 그림은 추상화, 간소화 되어가면서도 그 의미는 실제 사물을 가리키는 데 사용되었어. 한자의 '火, 川, 山' 등이 사물의 모양을 본뜬 데서 출발했고, 수메르 문자, 이집트 문자 등이 상형 문자에 해당된단다.

▲ 이집트 상형문자

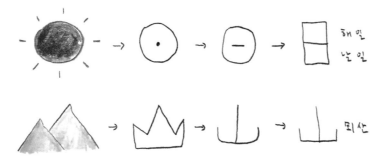

▲ 사물의 모양을 본뜬 한자의 예시

백 선생님 : 다음에는 표의 문자로 발전하게 돼. 사물의 형태를 더
욱 추상화해 사물뿐 아니라 그 사물과 관련된 개념까지 표현하
든지, 혹은 결합을 통해 새로운 개념을 나타내는 쪽으로 발전이
된 것이야. 가장 대표적인 예로는 한자가 있는데, 불을 가리키던
'火'를 여러 개 결합하여 '焱'이 되어 "불꽃"이라는 뜻을 가지게
되거나, 해를 가리키던 '日'이 해의 개념과 연결된 "빛, 열, 낮"의
뜻게 가지게 된 것이 그 예시야.

대곽이 : 언제쯤 한글이나 영어가 나오는 거예요?

백 선생님 : 이제 설명해 줄 거니까 기다리렴. 표의 문자 다음은 표
음 문자인데, 음절 문자와 음소 문자가 있단다. 음절 문자는 한
문자가 한 음절 또는 두 음절 단위를 표기하는 문자를 말해. 그
에 비해, 음소 문자는 문자 하나가 소리의 최소 단위, 음소를 표
기하는 문자란다. 음절 문자는 한 언어를 완전히 표기하려면 음

절 수만큼 문자가 필요하기 때문에 음절이 많을 경우 그 효용성이 떨어진다는 단점이 있어. 그 예시로 일본의 '가나'는 음절 문자의 하나로, 50개의 문자로 되어 있단다.

ア 阿	イ 伊	ウ 宇	エ 江	オ 於
カ 加	キ 機	ク 久	ケ 介	コ 己
サ 散	シ 之	ス 須	セ 世	ソ 曽
タ 多	チ 千	ツ 川	テ 天	ト 止
ナ 奈	ニ 仁	ヌ 奴	ネ 祢	ノ 乃
ハ 八	ヒ 比	フ 不	ヘ 部	ホ 保
マ 末	ミ 三	ム 牟	メ 女	モ 毛
ヤ 也		ユ 由		ヨ 與
ラ 良	リ 利	ル 流	レ 礼	ロ 呂
ワ 和	ヰ 井		ヱ 恵	ヲ 乎
ン 尔				

▲ 일본의 가나 문자

백 선생님 : 그에 반해 음소 문자는 음소를 단위로 하기 때문에 음절 문자보다 문자 수가 적어 사용하기 편해. 현재 음소 문자로는 알파벳, 한글 등이 있지.

3) 언어의 기호적 특성

대곽이 : 휴, 이제 특성까지 배우는 거예요? 너무 어려워요.

백 선생님 : 맞아. 네가 원래 배웠을 만한 그런 문법과는 좀 다르지.
하지만 그만큼 재밌지 않니? 좀 더 집중을 하고 들어봐. 졸지 말
고! 일단 언어가 기호로서는 자의성, 사회성, 역사성, 분절성, 그
리고 추상성을 가지고 있다고 해. 먼저 자의성에 대해 알아볼
까? 자, 이 언어를 보고 무슨 뜻일지 한번 맞혀봐.

대곽이 : 이걸 어떻게 알아요? 선생님은 알고 계신가요?

백 선생님 : 모르겠지? 맞아. 나도 사실 잘 모르겠어. 이렇게 언어가
기호로서 가지는 형식과 의미는 그 사이의 필연성이 없다고 하
는 것이 바로 자의성이야. 어때? 간단하지? 다음으로 사회성을
얘기해 볼게. 음, 예시를 들어볼까?

백 선생님 : 저기 보이는 휴지를 변기 안에 넣어보렴.

대곽이 : 선생님, 무슨 소리를 하시는 거예요? 저건 노트북이고, 노트북을 변기 안에 넣으면 고장나는 거는 알고 계실 거 아니에요?

백 선생님 : 하하, 난 제대로 얘기한 거 같은데? 난 바로 아까부터 노트북을 휴지로 부르기로 했단다.

대곽이 : 그럼, 안 되잖아요. 선생님이 바꾼다 하더라도 사람들은 이상하게 알아들을 거라고요.

백 선생님 : 맞아. 언어는 개인이 마음대로 바꿀 수 없지. 이렇게 언어의 형식과 뜻의 관계가 한 사회에 통용되어 있으면, 모든 사람들이 따라야 하는 걸 사회성이라고 해.

백 선생님 : 나머지 언어의 특성은 간단하게 설명해 줄게. 언어 기호는 또 역사성, 분절성이 있단다. 다른 여러 특성이 있는데, 지금은 이 정도로 얘기할게. 역사성은 안 들어도 뭔지 알겠지? 언어 기호가 시간의 흐름에 따라 변하는 건데, 무슨 예시가 있을까?

대곽이 : 음……. 옛날에는 '어리석다'를 현재의 '어리다'라는 뜻으로 썼다고 했던 것 같아요.

백 선생님 : 맞아. 그게 바로 언어의 역사성의 한 예지. 분절성은 간단하게 얘기하면 연속적으로 이루어진 세상을 끊어서 표현한다는 것이란다. 이 정도면 언어의 기호적 특성에 대해 알겠지?

대곽이 : 네!

4) 언어의 구조적 특성

백 선생님 : 한번 이 문장을 읽어 봐 줄 수 있니?

"나는 선생님은 선물을."

대곽이 : 이게 문장이에요? 주어가 두 개씩이나 있고……. 이런 것은 문장이라고 할 수 없어요.

백 선생님 : 그렇단다! 이렇듯 국어 문장이나 단어는 작은 문법 단위들이 자기 마음대로 결합되어서 이루어지지 않고, 일정한 구조를 가지고 있단다. 이를 언어의 구조적 특성 중 하나인 규칙성이라고 한단다.

대곽이 : 그렇군요! 그럼 언어의 구조적 특성에는 규칙성 이외에 다른 것도 있나요?

백 선생님 : 눈치가 빠르구나. 언어의 구조적 특성에는 규칙성, 체계성, 창조성이 있단다. 체계성이란, 형식과 의미가 아무렇게나 연결되는 것처럼 생각될 수 있지만 단어, 음운, 형태소, 그리고 문장들도 체계를 가지고 있다는 내용이야. 이러한 특성을 체계성이라 해.

대곽이 : 선생님! 그럼 창조성은 뭐예요?

백 선생님 : 너, 말을 할 때, 무슨 문장을 쓸지에 대해 기억하고 있다가 쓰니, 아니면 그때그때 생각하여 말하니?

대곽이 : 제가 무슨 문장을 말할 줄 알고 얘기해요?! 당연히 그때그때 사용하죠.

백 선생님 : 맞아. 이러한 언어 사용의 특성을 창조성이라고 해. 체

계적인 언어 기호를(체계성) 일정한 규칙에 따라(규칙성) 사용함
으로써 창조성이 나타나는 거란다.

5) 언어의 기능

백 선생님 : 넌 언어의 기능이 뭐라고 생각되니? 아니, 만약 언어가
　　없으면 어떻게 됐을까?

대곽이 : 지금 선생님과 제가 하고 있는 얘기도 못하겠죠? 그리
　　고 제가 선생님을 만났다는 것에 대한 기록도 못하게 될 것이
　　고……. 생활이 많이 불편해질 것 같아요.

백 선생님 : 맞아. 언어는 가장 기본적으로 정보를 전달하거나 주고
　　받기 위해 있는 거지. 이는 정보적 기능이라고 해.

대곽이 : 마치 제가 선생님한테 배고프다고 먹을 거를 달라는 것처
　　럼요?

백 선생님 : 배고프구나? 그럼 빵이라도 좀 먹고 있으렴.

대곽이 : 우와, 이 빵 크기가 왜 이렇게 커요?

백 선생님 : 방금 네가 한 것이 표현적 기능이란다. 표현적 기능이란 화자의 감정과 태도를 표현하는 언어의 기능을 말하지.

대곽이 : 밥 먹으려는 데도 공부에요? 지겨워요ㅠㅠ

백 선생님: 내가 할 얘기가 많아서 어쩔 수 없단다. 부탁 하나만 할게. 저기 연필 좀 들고 오렴.

대곽이 : 네, 잠시…….

백 선생님 : 잠깐! 내가 아까 한 말 중에 언어적 기능 중 하나가 숨겨져 있단다. 바로 명령적 기능이지. 이건 청자의 행동이나 태도에 영향을 비치는 언어의 기능을 말해. 내가 방금 한 명령이나 요청의 표현이 그 예시지. 어때? 빵을 먹는 사이에 벌써 언어의 기능을 어느 정도 배운 거 같지 않니?

대곽이 : 근데 이거 말고도 더 있지 않을까요? 세 가지만 있어요?

백 선생님 : 역시 예리하구나. 아직 설명하지 않은 두 가지 기능이
있단다. 친교적 기능과 미적 기능이 있지. 친교적 기능은 대화의
경로를 열어 놓음으로써 관계를 원활히 유지하는 기능이고, 미
적 기능은 말의 형식을 보다 미적으로 가다듬어 표현 효과를 높
이는 기능을 말해. 내가 자주 읽는 시나 소설에서는 미적 기능
이 두드러지게 나타나지. "소리 없는 아우성", "죽어도 아니 눈물
흘리오리다." 어때, 아름답지?

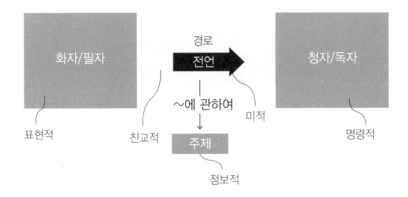

2. 국어에 대해서

대곽이 : 선생님, 이제 언제쯤 국어에 대한 이야기를 하나요? 계속 언어에 대해서만 얘기하니까 지루해요.

백 선생님 : 조급해하지 마렴. 이제 막 설명하려던 참이니. 지금까지 나는 언어에 대해 얘기를 했단다. 지루하기는 했어도, 처음 들어 보는 내용 아니니?

대곽이 : 그렇긴 해요. 학교에서 배워보지 못한 내용들을 알아갈 수 있었으니까요.

백 선생님 : 맞아. 네가 그렇게 느꼈다면 다행이구나. 지금까지 언어에 대해서 전반적으로 이해를 했으니, 이제 우리의 본론이었던 국어에 대해서 얘기를 해 보자.

1) 특질이란?

대곽이 : 그런데요, 특질이 뭐예요?

백 선생님 : 음, 특질이란 단어가 생소할 수도 있겠구나. 특질은 특별한 기질이나 성질을 말하고, 내가 여기서 말하고 싶은 것은 국

어의 특질이지. 국어는 너도 알다시피 언어 중의 하나이지만, 우리에겐 특별하잖니? 이렇게 국어만이 가지고 있는 특성을 국어의 특질이라고 한단다.

2) 국어의 특질

① 음운의 특질

대곽이 : 이제야 국어에 대해서 얘기하는군요! 기다렸어요.

백 선생님 : 이제부터 간단하게 음운, 그리고 어휘의 특질에 대해서 얘기해 볼 거란다. 먼저 음운의 특질에 대해 알아볼까?

		치경음	성문음
마찰음	평음	ㅅ	ㅎ
	경음	ㅆ	

치경음	혀 끝과 윗잇몸이 닿아서 나는 소리
성문음	목구멍, 즉 인두의 벽과 혀뿌리를 마찰하여 내는 소리

백 선생님 : 네가 자주 봐왔던 표일 거야. 여기서 볼 수 있듯이, 국어는 마찰음이 다른 언어에 비해 많지 않아. 국어에는 'ㅅ, ㅆ, ㅎ' 세 가지가 있는 반면, 영어는 'f, v, θ, s' 등이 더 있지. 그렇다

면 나머지는 뭐가 있을지 네가 한번 맞혀 볼래?

대곽이 : 으음……. 학교에서 배웠던 걸로는 음절의 끝소리 규칙이라
고, 음절의 끝소리에 하나의 자음만 발음되는 내용이 있었는데,
그것도 해당되나요?

백 선생님 : 맞아! 그것도 음운의 특질 중 하나에 해당되지. 잘했어.
한 번 더 맞혀 볼래? 내가 힌트를 주지. 영어로 'tree'를 발음해
보고, 그걸 국어로 바꾸어 보렴.

대곽이 : 트…트…트르리? 트리? 이걸 바꿀 수 있나요?

백 선생님 : 그래. 국어는 'tree'의 예시처럼, 첫소리의 자음에 제약
이 오지. 영어 같은 경우에는 첫 소리에 둘 이상의 자음이 올 수
있지만, 국어에서는 그러지를 못해서 이걸 풀어 '트리'라고 발음
한단다. 또 다른 제약으로는 '로인'이 '노인'으로, '녀성'이 '여성'
으로 발음되는 것들이 있단다.

대곽이 : 확실히 문법들에 대해 배운 상태다 보니까 이해가 빠르게
되는 거 같아요! 혹시 여기서 더 내용이 있나요?

백 선생님 : 녀석, 지루한가 보구나. 원래는 이보다 훨씬 많겠지만,
네가 꾸벅꾸벅 조는 걸 보니 어쩔 수 없이 줄이도록 하겠다.

음……. 'ㅌ'이 파열음인 것은 알고 있겠지? 하지만 '밭'이나 '꽃'을 발음하게 된다면 '받'과 '꼳'으로 발음이 된단다. 그 이유는 파열음이 음절 끝 위치에 올 경우 터뜨림의 단계가 없이 닫힌 상태로 발음이 되기 때문이란다.

대곽이 : 저는 특질이라기에 제가 완전히 이해 못할 그런 어려운 내용일 거라고 생각했는데, 생각만큼 어렵지는 않네요.

백 선생님 : 그렇게 생각한다면 다행이구나. 그러면 이제 어휘의 특질에 대해 이야기해 볼까?

대곽이 : 아~ 선생님, 쉬는 시간은 주고 해 주세요!

② 어휘의 특질

백 선생님 : 이제 어휘에 대해 얘기를 해 볼까? 혹시 단어 5가지 정도만 얘기해 보렴.

대곽이 : 음악, 눈, 컴퓨터, 아파트, 독서요.

백 선생님 : '음악'과 '독서'는 한자어, '눈'은 고유어, '컴퓨터'와 '아파트'는 외래어지. 이렇게 국어의 어휘는 여러 가지로 구성되어 있단다. 그게 바로 첫 번째 주요한 어휘의 특질이지.

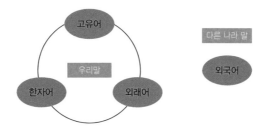

백 선생님 : 이제 두 번째 특질에 대해 얘기해 볼까? 그것은 바로 고유어의 조어 과정에서는 배의성에 의지하는 경향이 현저하다는 거야.

대곽이 : 뭐예요. 쉽게 설명하신다면서요! 단어가 너무 어려운걸요.

백 선생님 : 그렇게 얘기할 줄 알았단다. 그러니까, 고유어에서는 단어를 새로 만드는데 기본적인 어휘나 형태소가 본래의 의미를 가진 채 다른 형태와 결합한다는 거야.

대곽이 : 그러니까 그게 무슨 뜻이에요??

백 선생님 : 음…… '눈물'이라는 단어에 대해 생각해 보렴. '눈물'이라는 단어도 고유어인 '눈'과 '물'이 서로 합쳐져서 만들어진 것이시. 그에 반해 영어는 어떠니?

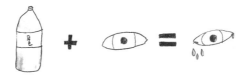

대곽이 : 눈물을 eye-water이라고는 하지 않죠. tear이라고 하지 않아요?

백 선생님 : 맞아. 색채에서도 영어는 'red, pink, scarlet', 중국어에는 '紅, 丹, 赤'처럼 별개의 단어를 쓰는데, 국어에서는 '붉다'를 기본으로 해서 '불그스레하다, 불그죽죽하다, 발갛다, 검붉다' 등의 복합어가 만들어진단다.

대곽이 : 들어보니 그러네요. 그러면 그만큼 국어에서는 더 많이 표현할 수 있나요?

백 선생님 : 바로 그거야. 그래서 국어에는 감각어와 친족어가 발달되어 있단다. 미각어 같은 경우에는 '달다, 짜다, 맵다, 쓰다, 시다, 떫다'의 6가지 기본 미각어로 '달짝지근하다, 달콤하다, 새콤달콤하다' 등의 파생어를 만들지. 친족어도 마찬가지야. 영어에서 'uncle'은 국어에서 '백부, 숙부, 큰아버지, 외삼촌' 등으로 분화되어 있단다.

백 선생님 : 자, 이 정도로 내가 말하고 싶은 내용은 끝났단다. 네가 재밌고, 의미 있게 들었으면 해. 네가 만약 국어에 대해서 더 탐구하고 싶다면, 이 책을 계기로 이것보다 더 어려운 책들을 찾아가고, 배우면서 알아갔으면 좋겠단다.

대곽이 : 감사합니다!!

맺음말

책을 만들 때, 처음에는 발음에 대해서나, 높임형 표현 등……, 그런 내용에 대해 적어보려고 했습니다. 자료를 찾으면서 살펴보니, 정말 어려운 내용이 아닌 이상 중학교, 고등학교 때 배운 내용하고 똑같았습니다. 더군다나 이런 문법을 배우려는 목적이라면 국어 교과서를 읽을 것이지, 내가 만든 책을 읽을까 하는 생각이 들었습니다. 그래서 주제를 바꿀 것을 생각하게 되었습니다. 결국 생각하게 한 주제가 본질적으로 언어, 그리고 국어에 대해 설명하는 것이었습니다. 이 주제는 평소에 국어를 공부하면서 내가 배워보고 싶었던 언어학에 관련된 것으로, 아주 기초적인 내용을 담았습니다. 이 책을 읽고 관심을 가져 더 심화된 내용을 찾아보며 공부하는 사람이 있었으면 좋겠다는 마음으로 책을 썼습니다.

고등학교 이전에도 책을 쓰는 활동으로 인해 책을 쓰긴 썼었습니다. 하지만 5페이지 이내로, 하루 만에 간단하게 색연필로 그려 넣는 간단한 결과물이었습니다. 하지만 이번 기회를 통해 책을 쓰면서, 내가 궁금했었던 내용을 직접 자료를 찾아가면서 글로 옮기고 삽화도 그려 넣는 등 많은 노력을 해서 나오게 되었습니다.

내가 쓴 책이 실제로도 출판이 된다는 것이 너무 기쁘고 좋은 경험이 된 것 같습니다. 이런 경험을 하게 해 주신 국어 선생님께도 감사드립니다.

대화 속에 숨은 'ㅅ'을 찾아라!

장현훈

프로필

- 이름 : 장현훈
- 학력 : 대구과학고등학교 재학중
- 지금까지 책 써본 회 'ㅅ' 수 : 2회
- 학년 반 수 'ㅅ' 자 : 1512

서문

　우리는 어렸을 때부터 글을 배우고 받아쓰기를 하면서 발음하는 것과 쓰는 것이 다른 단어들이 있어 당황스러운 적이 있었습니다. 그중에서 두 개의 단어가 합쳐져 하나의 단어가 되면서 이유 없이 된소리로 발음되는 경우가 있습니다. 그것이 사잇소리 현상입니다. 우리 실생활 속에서 자주 쓰이지만 글을 쓸 때나 말로 표현할 때 'ㅅ'이 들어가야 하는지 아닌지 헷갈리는 상황이 왕왕 있습니다. 이를 좀 더 쉽게 알려 주기 위해서 이 책을 쓰게 되었습니다. 이 책에서는 생활 속에서 쉽게 일어날 수 있는 상황을 경험을 바탕으로 각색하여 썼으며, 책을 읽고 나의 동생을 포함하여 수많은 초등학생, 중학생들에게 도움이 되었으면 좋겠습니다.

목차

1. 사잇소리란?

　우리말에서 두 개의 말이 합쳐져 하나의 말이 되는 과정에서 이유 없이 된소리로 발음되거나 'ㄴ'이나 'ㄴㄴ'이 생기는 이상한 현상이 있습니다.

　예를 들자면

> 1) 산 + 길 → 산길[산낄]
> 2) 초 + 불 → 초불[초뿔]

과 같이 된소리가 되거나

> 1) 코 + 물 → 콧물[콘물]
> 2) 나무 + 잎 → 나뭇잎[나문닢]

과 같이 'ㄴ'이나 'ㄴㄴ'이 생깁니다.

위와 같이 합성명사가 될 때 사이에 소리가 생기는 현상을 사잇소리 현상이라고 합니다.

이러한 현상이 일어난 콧물과 나뭇잎의 공통점을 보면 사이에 'ㅅ'이 생겼다는 것입니다. 그 이유는 사잇소리 현상이 일어날 때 이를 알려 주기 위해 'ㅅ'을 적어 줍니다.

2. [ㄴ]

1) 은우와 종헌이의 이야기

오랜만에 은우가 종헌이 집에 놀러갔다. 은우가 종헌이 집에 놀러간 이유는 종헌이 집에 비싼 TV가 있었기 때문이다. 그 TV로 게임도 하고 영화도 볼 수 있었다. 화질이 좋은 TV로 영화를 보면 더 실감나고 꼭 영화관에 온 느낌이었다. 하지만 오늘은 TV리모컨을 종헌이 아버지가 가지고 있었다. 당연히 TV채널의 선택권은 종헌이 아버지께 있었다. 아버지가 선택하신 채널은 뉴스였다. 은우는 실망하였고 은우와 종헌이는 할 수 없이 뉴스를 보게 되었다.

뉴스를 듣던 중 은우는 갑자기 뉴스에서 왜 '국민 여러분'을 [궁민녀러분]이라고 읽을까 하고 종헌이에게 물었다. 종헌이도 생각해보니 "'검열'도 [검녈]이라고 발음 돼!"라고 말했다.
종헌이와 은우는 고민하다가 말했다.
"[ㄴ]이 첨가되는 예시를 더 찾아보자!"
다시 뉴스를 보던 중 둘은 4개의 예시를 더 찾게 되었다.

물약, 국민연금, 막일, 국민윤리

이 예시들은 각각

물[ㄴ → ㄹ]약, 국민[ㄴ]연금, 망[ㄴ]일, 국민[ㄴ]윤리

으로 발음되었다.

　종헌이가 머리를 갸우뚱하며,

　"뭔가 공통점이 있을 것 같은데⋯⋯."

라고 하자 은우가 눈을 똥그랗게 뜨며,

　"'ㄴ' 뒤에 모음이 있어!"

라고 했다. 하지만 그것만으론 설명이 되지 않는 예시들이 너무 많았다. 다시 둘은 규칙을 찾기 시작했다.

　잠시 후 종헌이는

　"[ㄴ] 앞에 받침이 있는 것도 규칙에 포함될까?"

라고 하였다. 실제로도 [ㄴ] 앞에는 받침이 있었다.

　그러나 여전히 그것만으로는 설명되지 않는 예시들이 너무 많았다.

2) 언제 들어갈까 'ㄴ'?

　대화에서 든 예시를 볼 때 **물약, 국민연금, 막일, 국민윤리**는 모두 합성어이며 앞의 명사 끝음절에 받침이 있고, 뒤의 명사가 모음으로 시작하며 그 모음이 'ㅣ, ㅑ, ㅕ, ㅛ, ㅠ'입니다.

　이를 종합한 표준어 규정 제2부 제7장 제29항 '합성어 및 파생어'에 따르면, 앞 단어나 접두사의 끝이 자음이고 뒤 단어나 접미사의 첫음절이 '이, 야, 여, 요, 유'인 경우에는, [ㄴ] 음을 첨가하여 [니, 냐, 녀, 뇨, 뉴]로 발음합니다.

솜-이불[솜: 니불]	맨-입[맨닙]	남존-여비[남존녀비]
늑막-염[능망념]	영업-용[영엄뇽]	홑-이불[혼니불]
꽃-잎[꼰닙]	신-여성[신녀성]	콩-엿[콩녇]
식용-유[시콩뉴]	막-일[망닐]	내복-약[내: 봉냑]
색-연필[생년필]	담-요[담: 뇨]	국민-윤리[궁민뉼리]
삯-일[상닐]	한-여름[한녀름]	직행-열차[지캥녈차]
눈-요기[눈뇨기]	밤-윷[밤: 눋]	

그러나 예외도 있습니다. 다음과 같은 말들은 'ㄴ' 음을 첨가하여 발음하되, 표기대로 발음할 수 있습니다. 즉 초성 [ㄴ]을 첨가하여 발음하거나(원칙), 첨가하지 아니하여 발음하거나(허용) 양자가 가능합니다.

이죽-이죽[이중니죽/이주기죽]	야금-야금[야금냐금/야그먀금]
검열[검: 녈/거: 멸]	욜랑-욜랑[욜랑놀랑/욜랑욜랑]
금융[금늉/그뮹]	

'ㄹ' 받침 뒤에 첨가되는 'ㄴ' 음은 [ㄹ]로 발음합니다. 즉 초성 [ㄴ]이 첨가된 후에 유음화(流音化)가 일어납니다.

들-일[들: 릴]	불-여우[불려우]	유들-유들[유들류들]
솔-잎[솔립]	서울-역[서울력]	설-익다[설릭따]
물-엿[물렫]	물-약[물략]	휘발-유[휘발류]

두 단어를 이어서 한 마디로 발음하는 경우에도 이에 준합니다. 즉 한 단어가 아니더라도 화자(話者)가 여러 단어를 한번에 읽고자 하면, [ㄴ]이 첨가됩니다.

한 일[한닐]	옷 입다[온닙따]	서른여섯[서른녀섣]
3연대[삼년대]	먹은 엿[머근녇]	할 일[할릴]
잘 입다[잘립따]	스물여섯[스물려섣]	1연대[일련대]

그러나 다음과 같은 단어에서는 'ㄴ' 음을 첨가하여 발음하지 않습니다.

6·25[유기오]	3·1절[사밀쩔]	송별-연[송: 벼련]
등-용문[등용문]		

3. [ㅅ]

1) 동생의 이야기

이 여사는 한소금과 한빛 두 형제를 키우고 있었다.

항상 약했던 형 한소금과 달리 동생 한빛은 덩치가 커서 막 초등학교에 입학했지만 4학년으로 오해할 정도였다. 그런 한소금과 한빛이 치과에 갔다. 한빛은 가기 싫다고 했지만 결국 끌고 갔다.

접수를 하고 몇 분이 지났을까 한빛의 차례가 되고 간호사가,

"한빛! 들어오세요."

하였다. 잠시 후 의사 선생님이 들어오시고 한빛 입 안을 살펴보시더니 간호사에게

"아래니가 없네."

라고 말하는 것을 형인 한소금이 들었다. 이 여사도 들은 것 같았다. 그러나 이 여사와 한소금은

'뭐지 아래니라는 부분이 따로 있나? 아니면 R&E라는 약자를 말하는 것인가?'

하고 생각했지만 답을 찾을 수 없었다.

이 여사는 혹시 '한빛이의 이에 이상이 생겼나?' 하고 걱정이 되기 시작됐지만 진료 중이어서 물어볼 수가 없었다.

진료가 끝난 후 의사 선생님께서

"아이가 나이에 비해 아래니가 없네요."

라고 하자, 그때 한소금은 궁금증을 참지 못하고 물어봤다.

"아래니가 뭐예요?"

그때 간호사와 의사 선생님은 박장대소를 하며 웃으셨고 간호사는 웃음을 참으면서 말했다.

"아랫니를 말하는 거야. 의사 선생님께서 비염이 있으셔서 발음을 잘 못하시거든."

그러자 이 여사와 한소금은 한참을 웃었다.

이 여사는 한빛이 나이에 비해 몸집이 크다고 말해 주었다.

그러니 의사 선생님은 "아~ 그럼 정상입니다!"라고 하셨다.

2) 언제 들어갈까 'ㅅ'?

'ㅅ'은 앞에 모음이 오고 순우리말과 순우리말의 사이에서, 순우리말과 한자어의 사이에서 사용됩니다.

'순우리말과 순우리말의 사이'의 'ㅅ'의 예입니다.

고랫재	댓가지	못자리
선짓국	잿더미	핏대
귓밥	뒷갈망	바닷가
쳇조각	조갯살	햇볕
나룻배	맷돌	뱃길

아랫집	찻집	혓바늘
나뭇가지	머릿기름	볏가리
우렁잇속	쳇바퀴	냇가
모깃불	부싯돌	잇자국

다음은 '순우리말과 한자어의 사이'의 'ㅅ'의 예입니다.

귓병	샛강	찻종
핏기	머릿방	아랫방
촛국	햇수	뱃병
자릿세	콧병	횟가루
텃새	전셋집	탯줄
횟배	사잣밥	찻잔

'아랫니'는 어원적으로 '이'가 아닌 '니'('이'의 옛말)가 결합한 것으로 봅니다. 따라서 '아래 + 니'의 구조로 보며, 앞말이 모음으로 끝나 'ㅅ'이 덧나는 사잇소리 현상인데 뒷말의 첫소리 'ㄴ'을 만나 비음화 현상이 일어나므로 [아랜니]로 발음되어도 '아랫니'로 적습니다.

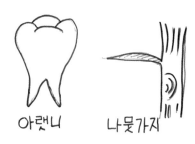

아랫니   나뭇가지

'한자어와 한자어의 사이'인 경우 사이시옷을 쓰지 않는 것을 원칙으로 하되, 다음 6개 단어만은 아래와 같이 적습니다.

곳간(庫間)   찻간(車間)   셋방(貰房)
툇간(退間)   숫자(數字)   횟수(回數)

'고-간(庫間), 세-방(貰房), 수-자(數字), 차-간(車間), 퇴-간(退間), 회-수(回數)'의 경우는, 한자어에는 사이시옷을 붙이지 않는 것을 원칙으로 하되, 이 6개 단어만은 '곳간, 셋방, 숫자, 찻간, 툇간, 횟수'로 적습니다.

이 설명에 따르면, '내과(內科), 이과(理科), 총무과(總務課), 장미과(薔薇科)' 등은 위에서 다루어진 6개 이외의 한자어이므로 사이시옷을 붙이지 않으며, '고양잇과, 소나뭇과'는 고유어인 '고양이, 소나무'와 한자어인 '과'가 결합한 합성어이므로 사이시옷을 적는 것입니다.

한편 '찻잔, 찻종'에서의 '차'가 순우리말이냐 하는 의문이 있을 수 있겠으나, 예로부터 '茶' 자의 새김[訓]이 '차'였으므로, 한자어 '다(茶)'와 구별한 것으로 해석됩니다.

4. 여기엔 왜 사이시옷이?

에밀리와 채림이는 늦은 점심을 먹기 위해 식당에 들어섰다. 먹성이 좋은 에밀리는 메뉴판의 모든 메뉴를 다 시킬 기세로 메뉴판을 정독하기 시작했다. 에밀리는 고기 위주로 메뉴를 정한 뒤에도 뭔가 아쉬운 듯 메뉴판을 뚫어져라 보고 있었다. 평소와는 다르게 믿을 수 없을 만큼의 집중력을 발휘했다. 음식이 나오기 전 시간을 좀처럼 기다리지 못하는 녀석인데 말이다.

메뉴판을 한참을 본 뒤 에밀리는 채림이에게 물었다.

"공기밥이 뭐야?"

"공기로 밥을? 뭔가 이상한데?"

에밀리는 유학생이기 때문에 국어 사용이 익숙하지 않았다. 에밀리는 밥을 넣는 그릇이 '공기'인 것을 모르고 우리가 숨 쉴 때 들이마시는 공기를 생각했던 것 같다. 메뉴판에 '공기밥'을 '공깃밥'으로 바르게 표기했다면 에밀리가 덜 헷갈렸을 것 같다.

그러고 보니 식당의 메뉴판에는 잘못된 표기법이 제법 있었다.

만두국(×) → 만둣국(○)	북어국(×) → 북엇국(○)
순대국(×) → 순댓국(○)	공기밥(×) → 공깃밥(○)

에밀리는 그릇을 나타내는 '공기'와 질소, 산소, 이산화탄소 등 혼합물로 구성되어 있는 '공기'의 설명을 들은 뒤 맛있게 밥을 먹었다. 에밀리가 이해를 했는지는 모르겠지만 맛있게 먹으니 행복해 보였다.

① 공기밥 → 공깃밥

=> 사잇소리가 나는 경우 다음의 조건을 만족할 때 사이시옷을 표기합니다.

> 1. 명사 + 명사(합성어)일 것.
> 2. 앞 명사는 모음으로 끝나고 뒤의 명사는 예사소리일 것.
> 3. 앞 뒤 명사 중 하나는 순우리말일 것.

공깃밥의 경우 '공기 + 밥(순우리말)'의 합성어이고, 다른 조건도 만족하므로 사이시옷을 표기합니다.

② 아구찜 → 아귀찜

=> '아귀찜'의 의미로 '아구찜'을 쓰는 경우가 있으나 '아귀찜'만 표
   준어로 삼습니다.

③ 쭈꾸미 → 주꾸미

=> 문어과의 연체동물을 일컫는 이 말의 표준 발음은 [주꾸미]이므
   로, '주꾸미'로 적습니다. 된소리로 소리 내는 경향에 따라 '주꾸
   미'의 '주'를 [쭈]와 같이 발음하고 이에 이끌려 '쭈꾸미'와 같이
   적기도 하지만, 표준어와 표준 발음은 '주꾸미[주꾸미]'입니다.

사이시옷이 붙을 것 같지 않은 단어인데도 사이시옷을 붙여야
맞춤법에 맞는 경우들도 있습니다. 그러나 사이시옷을 붙이면 영 이
상해 보이고 국어사전에서도 언급하지 않는 단어는 신문이나 방송
에서도 그냥 사이시옷을 떼어내 버리고 사용합니다.

등교길(×) → 등굣길(○)   하교길(×) → 하굣길(○)
막내동생(×) → 막냇동생(○)   송화가루(×) → 송홧가루(○)
장마비(×) → 장맛비(○)   시계바늘(×) → 시곗바늘(○)
공부벌레(×) → 공붓벌레(○)

반대로 순우리말로만 이루어진 합성어 또는 순우리말과 한자어
로 된 합성어에서 사이시옷을 붙여서 틀리는 경우도 있습니다. 대표
적으로 거센소리나 된소리 앞에서 사이시옷을 붙이는 경우가 이에

해당됩니다. 위에서도 나오듯이 사이시옷은 된소리가 되는 걸 표기하는 건데, 된소리나 거센소리가 오면 된소리가 되는 게 아니기 때문입니다.

뒷쪽(×) → 뒤쪽(○)　　　뒷처리(×) → 뒤처리(○)

뒷치닥꺼리(×) → 뒤치다꺼리(○)　뒷편(×) → 뒤편(○)

뒷통수(×) → 뒤통수(○)　　　윗쪽(×) → 위쪽(○)

윗층(×) → 위층(○)　　　코ㅅ털(×) → 코털(○)

햇쑥(×) → 해쑥(○)　　　햇팥(×) → 해팥(○)

위와 같은 법칙들이 있지만, 사잇소리 현상이 기본적으로 글자를 보고 법칙을 만든 것이기 때문에 예외가 있습니다.

예를 들어 가로수길[가로수낄] 같은 도로명 주소는 사이시옷이 많이 들어가 표기가 번거로워 정부에서 표기하지 않기로 한 것처럼 상황에 따라 사잇소리가 나도 발음을 적지 않는 경우가 있습니다.

5. 사이시옷 폐지론

사이시옷은 사잇소리 현상을 표현하는 규칙입니다. 그렇지만 글자를 보고 법칙을 만들어 낸 것이기 때문에 예외가 아주 많습니다.

예를 들면 예사말, 인사말, 반대말, 모래집, 나무집, 농사일, 고래기름, 개기름, 오리발, 존대말, 담배불, 커피잔, 호프집, 만두국 등 많이 있습니다.

이러한 예외나 사람들이 잘 헷갈리는 경우를 종류에 따라 전부는 아니지만 설명해 보겠습니다.

① 한자어와 한자어가 합쳐질 때

이럴 때는 '찻간(車間)'은 되고, '기찻간(汽車間), 열찻간(列車間)'은 안 되는 등의 예외가 있습니다. 그러나 이때는 두 가지만 기억하면 됩니다.

원래 이때는 사이시옷이 없어야 한다! 그러나 6가지 예외가 있다.

툇간, 셋방, 곳간, 찻간, 숫자, 횟수 이것만 외우면 쓰는데 아무 문제가 없습니다.

그러나 표준 발음은 매우 들쑥날쑥합니다. 특히 대가는 주위 문맥을 보고 '人家[내사]'인지 '代價[대까]'인지 파악해서 발음해야 합니다.

또한 이러한 내용들은 외워야 합니다.

② 순우리말과 외래어의 결합

순우리말과 외래어가 결합되었을 때에는 없어야 합니다.

그러므로 '택싯삯, 피잣집, 호픗집, 커핏잔, 핑큿빛'으로 쓰면 안 됩니다. 아마 여기까지는 예상하셨을 것입니다.

그러나 '담배+불'은 '담배불'이 아닌 '담뱃불'로 쓰는 게 옳은데, 이는 '담배'가 포르투갈어 'tabaco'에서 유래했기 때문에 외래어인 것은 맞지만 이 단어가 일본어를 거쳐 한국어에 유입되어 '담배'로 변해 가면서 외래어라는 의식이 희박해져 버렸기 때문에 고유어처럼 취급되어서 그런 것입니다.

③ 파생어

파생어에는 사이시옷을 사용할 수 없습니다.

예를 들어 '햇님'은 '해'에 '님'이 붙은 파생어이기 때문에 '해님'이 올바른 표현입니다.

위의 예들을 볼 때 사이시옷 폐지론을 주장하는 사람들이 이해가 가기도 합니다. 예외가 너무 많기 때문이죠.

사이시옷 폐지론을 지지하는 사람들은 사이시옷을 표기하지 않을 경우 뜻을 유추하기 어려운 경우를 제외하곤 사이시옷을 없애 가는 것이 필요하다고 주장하는 사람들입니다.

그렇다면 사이시옷 폐지론자들의 근거에 대해 알아봅시다.

- 쓸데없이 중간 발음을 된소리화해 발음하기 어렵게 만든다.
- 비일관적인 규정 즉 예외가 많은 규정은 사람들의 혼란만 가중시킨다.
- 사이시옷이 생길 경우 가독성이 떨어진다.
- 사이시옷을 잘못 붙이는 과잉 수정을 방지할 수 있다.

그렇다면 이제 본격적으로 '사이시옷(ㅅ) 표기 폐지 주장'을 비판하고 올바른 이해를 위한 설명을 하도록 하겠습니다.

① '글을 읽을 때 능률이 떨어진다.'라는 주장에 대해
사이시옷의 표기가 글을 읽을 때 불편함을 준다는 것은 잘못된 의견입니다. 왜냐하면 사잇소리 현상과 사이시옷 표기에 따라 의미의 분화(ㅅ의 유무로 의미가 달라짐)가 일어나기 때문입니다.
사이시옷 표기를 폐지할 경우 생기는 문제점을 예를 들어 설명해 보겠습니다.
만약 고깃배와 고기배를 모두 고기배라고 쓰게 된다면

고깃배　　고기배

오늘은 고깃배가 만선이구나. → 오늘은 고기배가 만선이구나.

고기배를 갈라라. → 고기배를 갈라라.

가 되어 오히려 뜻을 알기 힘들어지고 가독성이 떨어질 것입니다.

즉 사이시옷 표기는 글을 읽을 때 불편함을 주기보다는 의미를 정확하게 해 주는데 기여한다고 볼 수 있습니다

② '외국인이 한글을 배울 때 어려워하므로 국어 세계화에 방해만 된다.'라는 주장에 대해

한국인들이 "[r], [l]은 너무 어렵소. 쓰지 맙시다!!"라고 주장하면 외국인들이 "오, 저희도 어렵다고 생각합니다. 없애죠." 하는 것과 같습니다.

외국인이 한국어를 배울 때 불편해하므로 '사잇소리 현상을 표기하는 사이시옷'을 없애자는 것은 주객이 전도된 주장이 아닐 수 없습니다.

③ 'ㅅ 음을 인식하는 정도면 되지 않느냐?'라는 주장에 대해

'깻잎'을 예로 들어보도록 하겠습니다. 만약 사이시옷(ㅅ)을 표기하지 않는다면 '깨잎'으로 적어야 할 것이고 그 발음은 [깨입]이 됩니다. 하지만 우리나라 사람의 현실 발음은 어떻습니까? 대부분의 사람들이 [깬닙]으로 발음할 것입니다. 이와 같이 사이시옷을 표기하지 않으면 '표기'와 '현실 발음'의 괴리가 생기게 됩니다. 즉 '깨잎'으로 적고 [깬닙]으로 발음하는 혼란이 일어나며 이러한 괴리가 일어남에도 이를 논리적으로 설명하지 못하게 됩니다.

④ '사람들에게 불편함을 준다.'라는 주장에 대해

사이시옷 표기에 있어서 사람들이 헷갈려 하고 불편을 겪고 있는 것은 사실입니다.

그러나 국어학자들은 사람들이 현실에서 사용하는 언어를 분석하고 이를 바탕으로 그것을 설명할 수 있는 논리적이고 과학적인 이론을 만들고 체계화하는 사람일 뿐 사람들이 사용하지 않고 현실에 존재하지 않은 독특한 방식의 새로운 문법 이론을 만들고 그것을 보급하는 사람들이 아닙니다.

즉 사잇소리와 사이시옷은 오히려 발음을 할 때 자연스럽게 나는 소리이므로 사람들의 이해를 도우면서 편하게 만들어 준다는 것입니다.

1 다음 중 한글 맞춤법에 맞지 않는 것은?

① 햇님과 나라님　　　② 전셋집과 피자집

③ 훗날과 후일　　　④ 셋방과 전세방

2 다음 중 맞는 것은?

① 인삿말과 혼자말　　　② 머릿말과 예사말

③ 나룻터의 뒤뜰　　　④ 찻간과 기차간

1 ①

1) 햇님 → 해님

'ㅅ'은 합성어에서 발음의 변화가 생길 때 표기가 되나 햇님은 해에 님이 붙은 파생어이기 때문에 'ㅅ'이 들어가지 않은 해님이 올바른 표현이다.

2 ④

1) 인삿말 → 인사말

인삿말은 발음 상의 이유와 사이시옷이 들어갈 환경이 아니므로 인사말[인사말]이 올바른 표현이다.

혼자말 → 혼잣말

혼자말은 발음상 'ㄴ'이 첨가되어 [혼잔말]이라고 발음되므로 혼잣말이 올바른 표현이다.

2) 머릿말 → 머리말

머리말은 발음할 때 'ㄴ'이 생기지 않은 환경이기 때문에 'ㅅ'이 들어가지 않은 머리말이 올바른 표현이다.

3) 나룻터 → 나루터

나룻터는 발음상 뒤가 된소리가 되지 않고, 'ㄴ'도 첨가되지 않기 때문에 'ㅅ'이 들어가지 않은 나루터가 올바른 표현이다.

맺음말

이 글을 쓰면서 제일 많이 중점을 두었던 것은 문법이 이해하기 어렵고 무조건 암기를 해야 하는 것이지만 실생활에서 자주 사용되는 단어들을 예로 들어 접근하기 쉽고 읽는 이가 쉽게 이해할 수 있었으면 하는 마음이었습니다. 그래서 중학교 동생의 시점으로 풀어서 글을 쓰려고 노력했습니다.

글을 쓰면서 어려움도 많았지만 공부도 많이 되고 보람된 작업이었습니다. 이 책을 쓸 수 있도록 도와주신 분들과 책을 낼 수 있도록 좋은 기회를 주신 선생님께 감사드립니다.

세종대왕과 함께한

중세 국어 산책

글·그림 김지민

- 김지민

2003년 대구에서 태어나 고등학생인 지금 대구과학고등학교에 재학 중이다.

영재고에 다니고 있지만 놀랍게도 인문 과목에 더 자신이 있으며 평소에도 국어, 영어
이외에도 이탈리아어, 프랑스어 등 언어에 관심이 많다.

언어를 배우고 사용하고, 문학을 읽는 것을 좋아하지만 언어의 기본인 문법과 언어를
구성하는 규칙들을 암호를 분석하듯 풀어내는 것을 좋아한다.

인사말

대한민국의 학생들은 중학교에 입학하여 국어 교과서를 펼치며 「훈민정음해례본」의 어제서문을 통해 현대의 우리가 사용하는 국어와는 사뭇 다른 중세 국어를 처음 접하게 된다. 중세 국어를 처음 접하게 되면 낯선 중세 국어의 기호 체계들에 당황하게 되고 마치 외국어처럼 느껴지기도 한다.

국어 교육에서는 올바른 국어 사용을 강조하는데, 대부분이 비속어를 사용하지 말자, 줄임말을 사용하지 말자 등 언어 사용에 관해 이야기하곤 한다. 또한 맞춤법, 한글의 체계에 대해 배운다. 그러나 한 번이라도 우리나라 말의 기록인 한글의 역사에 대해 생각해 본 적이 있었던가.

이 책은 훈민정음을 창제한 세종대왕과 우리처럼 중세 국어에 어려움을 느끼고 있는 학생인 '정민'이가 산책을 하며 나누는 이야기들을 통해 중세 국어의 체계와 규칙들에 대해 알려 준다.

이 책을 통해 어렵고 암호같이 생긴 중세 국어에 대해 쉽게 풀이하며 한 걸음 더 다가갈 수 있을 것이다.

맑고 화창한 날씨, 책을 펼쳐 세종대왕과 가벼운 산책을 즐겨 보는 건 어떨까.

2020년 1월 책을 펴내며

김지민

목차

언제나처럼 5교시 국어 시간에 정민이는 창밖만 멍하게 쳐다보고 있었다. 선생님의 분필이 칠판을 열심히 두드리는 소리가 귀에 거슬릴 법도 한데 신경도 쓰이지 않는다는 표정이었다.

"한정민!"

선생님이 겨우 호통을 치고 나서야 정민이는 정신이 번쩍 들었다. 정민이는 어쩔 수 없이 책에 고개를 박고 눈에 들어오지도 않는 글자들을 꾸역꾸역 머리에 집어넣었다.

집에 온 정민이는 책가방을 침대에 던지고 아무도 없는 허공에다 억울함을 호소했다.

"아, 진짜 이게 뭐야. 국어 쌤은 맨날 나만 혼내고. 누가 한글 바르게 사용해야 한다는 걸 몰라서 수업 든나? 맨날 초등학교 때부터 똑같은 얘기만 하고. 앗!"

투덜거리며 방안을 돌아다니던 정민이의 발에 무언가 뾰족한 모서리가 느껴졌다. 먼지를 털어내고 주운 낡은 공책에는 이상한 기호들만 적혀 있었다.

'이게 뭐지? 암호같이 생겼네. 엥? 이거는 우리나라 말에 ㄱ(기역)이랑 ㄴ(니은)인데? 그럼 다른 삼각형이랑 점 같은 건 뭐지?'

"으아악!!"

고민할 새도 없이 정민이는 거센 바람이 귓등을 때리는 느낌이 들었고 방바닥에는 활짝 펼쳐진 오래된 공책의 책장만 펄럭이고 있었다.

Ⅰ. 문자

'여기가 어디지?'

"애야, 정신이 좀 드니?"

눈을 뜬 정민이의 앞에는 사극에서 튀어나온 것처럼 생긴 사람이 정민이를 걱정스럽게 쳐다보고 있었다.

"누구세요?"

그 사람은 잠시 망설이는 듯하더니 이내 턱수염을 한 번 손가락으로 빙글 꼬고는 입을 열었다.

"나를 모르다니 조금 놀랍구나. 아, 이상한 사람은 아니란다. 다만, 알려 주고 싶은 이야기들이 있는데…… 혹시 산책 좋아하니?"

"음, 싫어하지는 않아요."

정민이는 옷을 툭툭 털고 일어났다.

조금 걸어가다 보니 자그마한 마을이 나왔다. 마을 입구에 있는 주막에 사람들이 여럿 모여 웅성거리고 있었다. 다들 걱정 근심이 가득해 보이는 표정이었다. 정민이와 함께 걷던 의문의 할아버지는 사람들이 있는 쪽으로 걸어갔다.

"무슨 일이라도 있는가?"

"아이고, 어르신. 저희 고을 사람들이 다들 땅을 빼앗기게 생겼습니다요. 이게 다 저희가 무식해서 글을 못 읽어 그럽니다."

얼굴에 눈물이 얼룩덜룩 묻은 사내가 훌쩍거리며 말했다. 그러자 옆에 있던 아낙네도 거들었다.

"새로 온 사또가 방을 붙였는데 저희는 글을 못 읽어 다들 무슨 말인지도 몰랐습니다. 오늘 막 한양에서 장사하다 저희 고을에 온 박 영감네 맏아들이 글을 좀 합니다. 그 애가 말하길, 글쎄 사또가 얼마 전에 선물이라며 집마다 나눠준 곡식 한 포대로 땅을 사들였다는 겁니다. 방에 그렇게 쓰여 있었다죠. 저희는 그것도 모르고 좋다고……."

여자는 이내 말끝을 흐리고는 한숨만 푹푹 쉬었다.

"글을 모르니 평범한 백성들이 이리도 힘들어하는구나."

의문의 할아버지는 정민이 쪽을 보며 말했다. 그러고는 사람들을 뒤로하고 발걸음을 옮겼다. 정민이는 길을 놓칠세라 그 뒤를 따라갔다. 자꾸만 등 뒤의 사람들이 신경 쓰이고 걱정되었다.

"아무래도 사람들이 한자보다 쓰기 편한 글자가 있으면 좋겠지."

할아버지가 말하자 정민이는 그제야 정신이 번쩍 들었다.

"혹시, 세종대왕님?"

"껄껄껄, 이제야 알아봤구나. 내가 한글을 만들게 된 이야기를 해 주마."

세종대왕은 흙바닥에 발끝으로 무언가를 그렸다.

"혹시 'ㄱ', 읽을 줄 아니?"

"'기역'이오."

"잘 읽는구나. 하지만 나는 한글을 만들 당시 말로만 언어를 표현할 줄 아는 백성들에게 이 글자에 어떤 소리가 나는지 가르치는 게 가장 큰 고민이었단다. 한자는 좀 할 줄 아니?"

"음, 조금 알아요. 학교에서 한자 시험을 치곤 하거든요."

세종대왕은 이번에도 바닥에 크게 君(군) 자를 썼다.

"군."

정민이가 큰 소리로 읽었다.

"그게 내가 가장 처음으로 문자의 소리를 가르친 방식이란다. 사람들이 아는 간단한 한자와 한글의 문자를 연결지었지."

세종대왕은 '군'이라고 한글로 쓰고는 정민이에게 물어봤다.

"혹시 이 중에 초성이 뭔지 알겠니?"

초성이란 한 음절에서 가장 처음에 나오는 소리란다. 이 초성을 내가 글자로 만들었을 때는 네가 잘 모르는 글자들도 있었지. 우리말에서 초성을 발음할 때 그 위치와 발음되는 방법에 따라 분류하면 다음과 같단다.

	전청(全淸)	차청(次淸)	불청불탁 (不淸不濁)
어금닛소리	ㄱ	ㅋ	ㆁ
혓소리	ㄷ	ㅌ	ㄴ
입술소리	ㅂ	ㅍ	ㅁ
잇소리	ㅈ, ㅅ	ㅊ	ㅿ
목청소리	ㆆ	ㅎ	ㅇ
반혓소리			ㄹ
반잇소리			ㅿ

발음의 방법을 나타내는 말이 한자어라 조금 어렵지? 전청(全淸)은 예사소리와 비슷하다고 생각하면 되겠구나. 전청은 온전히 맑다는 뜻이란다. 차청(次淸)은 두 번째로 맑다는 뜻인데, 네가 사용하는 말 중 거센소리와 비슷하단다. 불청불탁(不淸不濁)은 현대 국어의 유성 자음에 해당하는 것이란다.

이 외에도 된소리와 비슷한 개념의 전탁(全濁)도 있는데, 이는 발음할 때 탁한 소리가 나서 붙은 이름이야. 요즘에는 남아 있지 않지만 내가 훈민정음을 만들 때까지만 해도 'ㅎ' 두 개를 옆으로 이어 붙여 쓰는 'ㆅ'도 있었지.

대부분 자음 글자는 사람의 발음 기관을 본떠 만들었고 여기에 발음이 조금씩 바뀔 때마다 획을 더해서 만들었단다.

이런 방식으로 만들어지지 않은 자음 글자에는 'ㆁ, ㄹ, ㅿ'이 있는데, '이체자'라고 불러.

아, 참고로 음절에서 마지막에 오는 글자인 종성은 초성의 글자들을 사용한단다.

이렇게 만들어진 글자들은 여러 개를 모아서 새로운 글자를 만들 수도 있단다. 'ㅇ'을 입술소리 아래에 붙여서 쓰면 'ㅱ, ㅸ, ㆄ, ㅹ' 같이 '순경음'을 만들 수 있단다.

또 가로로 초성을 여러 개 붙여 쓸 수도 있지. 초성 글자와 중성 글자를 함께 사용할 때는 납작한 중성 글자는 초성 글자 아래에 붙여서 쓰고, 길쭉한 중성 글자들은 초성의 오른쪽에 붙여 쓰는 것을 기본적인 원칙으로 했어. 참고로 중성은 네가 모음이라고 알고 있겠구나.

세종대왕이 말하는 것을 듣던 정민이가 대답했다.

"세종대왕님, 저 딱 하나 수업시간에 했던 내용 중에 기억나는 게 있어요. 아마도 모음 글자였던 것 같은데……. 뭔가 땅, 하늘, 이런 얘기를 했던 것 같기도 하고."

"잘 기억하고 있구나. 'ㅡ'는 땅의 모양, 'ㆍ'는 하늘의 둥근 모양, 그리고 'ㅣ'는 사람의 모습을 본뜬 글자들이야."

"발음 기관을 본뜬 글자도 있고, 세상을 이루는 것을 본뜬 글자도 있고. 한글이 재미있는 글자라는 건 알겠어요."

정민이가 말하자마자 등 뒤에서 사람들의 웃음소리가 들려왔다. 뒤를 돌아보자 아까 지나온 마을의 사람들이 한글의 글자 하나하나를 읽으며 배우고 있었다. 정민이는 놀란 표정으로 세종대왕을 쳐다봤고 세종대왕은 온화한 미소를 띠고 있었다.

Ⅱ. 표기법

이런저런 이야기를 하며 산책을 하던 정민이와 세종대왕은 어느새 장에 도착했다. 장에는 사람들이 북적이고 있었고 각종 물건들을 다 팔고 있었다. 물건들을 구경하며 다니던 정민이는 책을 늘어놓고 팔고 있는 곳이 보이자 발걸음을 멈추었다.

"이것 보세요."

정민이가 손으로 책 한 권을 가리켰다. 책에는 한글로 빼곡히 글이 적혀 있었다. 세종대왕이 허허 웃으며 말했다.

"한글 책이로구나. 한글로 책이 나온 덕분에 백성들도 이야기 읽는 것을 즐길 수 있게 되었지."

시장을 빠져나온 정민이의 손에는 한글로 쓴 책 한 권이 들려 있었다. 정민이는 책을 펼쳐봤다.

"엥 뭔가 제가 평소에 읽던 책과는 달라요. 분명 한글이 맞는데 읽을 수가 없어요."

"그건 표기하는 방식에 차이가 있기 때문이란다."

"표기하는 방식이요?"

지금은 받침에 ㄲ, ㅆ 같은 쌍받침이나 두 개의 자음이 합쳐진 겹받침도 사용되는 건 알고 있지? 사실 한글이 처음 만들어질 때만 해도 원칙적으로는 8개의 글자만 받침으로 사용되었어.

여기 이 글을 볼래?

> 목소리, 죽고져: 스승 여스시랴: 낟 爲穀, 몯줍더니: 눈 ᄅ 디니이다, 안고: 숍오시랴, 닙고: 꿈 안해, 남도록: 보비옷 니브샤, 닛건마른: 믈 깊고, 믈오

복잡해 보이지? 저 글을 이해하라는 게 아니야. 저 글의 받침들만 자세히 살펴보렴. 모두 'ㄱ, ㆁ, ㄷ, ㄴ, ㅂ, ㅁ, ㅅ, ㄹ'로 되어 있지? 네가 사용하는 글자와 다른 점을 찾아볼래?

맞아, 'ㅇ'이 아니라 'ㆁ'이 사용된 걸 볼 수 있을 거야. 나는 어금닛소리 글자 'ㆁ'과 목청소리 글자 'ㅇ'을 따로 만들었는데, 후대로 갈수록 'ㆁ'과 'ㅇ'을 구별하지 않고 주로 'ㅇ'을 쓰게 되었단다.

모든 문자에서 그렇듯 한글에도 받침에 대해 분명히 예외가 존재해. 하지만 일단은 기본적인 것을 아는 게 중요하겠지?

잠시 선선한 바람이 불자 세종대왕과 정민이는 멈춰서 휴식을 취했다. 정민이가 물었다.

"저 세종대왕님, 혹시 저 이러다가 집에 못 가는 건 아닌가요? 사실 아직도 여기가 어디고, 또 제가 뭘 하고 있는 건지 잘 모르겠어요. 집에 있는 가족들도 걱정돼요."

"걱정하지 마라. 집에는 갈 수 있을 거야. 아마도 아직 네가 여기서 뭔가 더 할 일이 있기 때문 아닐까?"

"정말 그럴까요?"

"나는 그렇게 생각한단다. 혹시 가족들이 많이 걱정되니?"

"네, 사실 저보다 많이 어린 남동생이 있는데 학교에서 돌아오면 제가 챙겨 줘야 하거든요. 매번 학교에서 받아쓰기 숙제를 가져오고는 숙제도 안 하고 놀곤 하는 애라서……. 받아쓰기도 정말 못해요. 꼭 보면 이어 쓰면 안 되는 단어들을 이어 쓴다니까요? '섬이'를 '서미'로 쓴다거나 그런 실수들 말이에요."

"정민이 동생 이야기를 들으니까 옛날 사람들이 쓰던 한글의 또 다른 이야기가 떠오르는구나."

이제 정민이는 '이야기'라는 말만 나와도 세종대왕을 반짝이는 눈으로 쳐다봤다.

옛날 사람들이 한글 표기에서는 초등학생들이 실수를 하는 것처럼 소리 나는 그대로 기록하기도 했단다. 정민이 네가 말한 것처럼 '섬이'를 '서미'라고 쓰는 거야.

남근, ᄇᆞᄅᆞ매, 서미, 므른, ᄀᆞᄆᆞ래, 내히, 바ᄅᆞ래

'ᄇᆞᄅᆞ매'는 '바람에'를 표기한 것이란다.

이야기를 들은 정민이가 말했다.

"집에 가면 동생한테 꼭 말해 줘야겠어요. 아마도 자신이랑 비슷하다는 걸 알면 동생도 중세의 국어를 좋아하게 되지 않을까요?

"그랬으면 좋겠구나."

휴식을 마친 정민이와 세종대왕은 옷을 툭툭 털고 일어나 다시 발걸음을 옮겼다.

"이제는 또 어디로 가야 하나요?"

"글쎄, 사실 나도 이런 일은 처음이란다."

"그럼 세종대왕님이 저를 이곳으로 불러내신 게 아니라는 말씀이세요?"

"그래. 아마도 이유를 조금은 알 것 같지만 너도 이 여행이 끝나갈 때쯤이면 알게 될 것 같구나."

처음에 이 이상한 곳에 떨어져서 세종대왕과 만날 때만 해도 의심의 눈초리가 가득했던 정민이는 이제는 세종대왕을 완전히 신뢰하는 눈치였다.

"정민이 네가 사는 현대에서는 띄어쓰기를 틀리면 교양 없는 사람이라는 소리도 듣는다지?"

"네, 사실이에요. 띄어쓰기는 초등학생들도 잘 하던걸요?"

"재미있는 건, 중세의 문서들은 일반적으로 붙여쓰기를 원칙으로 한다는 거란다. 대신에 헷갈리지 않게 우권점[◦]이랑 중권점[°]으로 최초의 띄어쓰기를 했지."

"우와 신기하네요. 띄어쓰기가 없으면 좀 불편할 것 같아요. 그래도 우권점, 중권점이라는 걸 생각해 낸 건 창의적인 것 같아요. 약간 수학에서 아무 값도 없는 곳에 0을 쓰는 것과 비슷한데요?"

"그렇구나."

이야기를 하다 보니 어느새 또 다른 마을에 도착했다. 이번 마을은 첫 번째로 보았던 마을과는 달리 허름한 초가집보다는 좀 더 큰 집들이 있었다. 나무 아래에 있는 정자에 모여 청년들이 담화를 나누고 있었다.

청년들 중 한 명이 말했다.

"아무래도 한자는 읽기 힘들 수도 있겠군."

세종대왕이 그들에게 물어봤다.

"무슨 이야기 중인가?"

"아, 어르신. 저희는 이 마을에 서당을 세우는 것에 대해 논의하고 있었습니다. 아무래도 점점 한글이 널리 사용되다 보니 서당의 아이들에게 한자와 한글을 동시에 가르칠 방법을 찾고 있었습니다. 그런데 아무래도 아이들이 처음부터 한자를 읽는 것은 힘들어 할 것 같아서 머리를 싸매고 있었습니다."

"이러면 어떤가?"

세종대왕은 붓은 집어 한자의 오른쪽에 작게 한글로 발음을 적었다. 청년들은 놀란 눈치였다.

"감사합니다, 어르신. 덕분에 마을 아이들 가르칠 걱정은 덜었습니다."

정민이와 세종대왕은 마을을 뒤로하고 다시 걸었다.

정민이가 세종대왕에게 물어봤다.

"방금 어떻게 하신 거예요?"

"이 시기에는 한자어의 경우 한자를 크게 쓰고 그 옆에 작게 한글로 한자음을 표기하였단다."

"저희 교과서에도 중요한 한자어나 뜻을 바로 알아듣기 힘든 한자어는 옆에 작게 한자가 쓰여 있어요. 이때와는 반대네요."

"정말 그렇구나. 네 덕분에 현대의 국어에 대해서도 알게 되고, 나에게도 큰 도움이 되는 것 같구나."

"중세 국어를 대하는 것은 꼭 암호를 푸는 것 같네요. 힌트를 작게 적어놓기도 하고, 비슷한 모양끼리는 비슷한 소리가 나고."

III. 발음

세종대왕과 정민이는 계속해서 길을 걸었고 어느새 날이 많이 어두워져 있었다. 그도 그럴 것이 그들은 하루 종일 걷고 있었던 것이다. 정민이가 침묵 속에서 먼저 입을 열었다.

"저 사실 여기 오기 직전에 기억나는 게 있어요. 제가 어떤 공책을 펼쳤는데, 중세 국어가 쓰여 있었던 것 같아요. 이게 무슨 암호지? 생각하다가 정신을 차려보니 여기에 도착했어요."

"신기하구나. 사실 나는 점점 이 여행이 끝에 다다르고 있다는 생각이 드는구나. 그래서 말인데, 혹시 꼭 물어보고 싶은 것이라도 있니?"

"음, 사실 중세 국어를 이제 조금 알 것 같아요. 그런데 아직도 종이에 적혀 있는 글자를 보면 어떻게 읽어야 할지는 잘 모르겠어요."

"그러면 중세 국어의 표기에 따른 발음에 대해서 알려 줄게."

사실상 초성 글자를 발음하는 것에 대한 체계가 가장 복잡하단다. 우선 전청계열 글자들에 대해 알려 주마. 전청계열인 'ㆆ'은 현대에서 사용되지 않지? 대신 'ㄱ, ㄷ, ㅂ'는 현대국어와 발음이 같단다.

세종대왕의 말이 끝나기가 무섭게 정민이가 뭔가 중요한 것이라도 잊고 있었다는 듯 말했다.

"제가 꼭 알려 드리고 싶었던 게 기억났어요. 현대에서는 서양의 알파벳을 발음을 명확히 알아보는 데 사용해요."

좋아, 그럼 이렇게 설명해 볼까? 전청계열의 'ㄱ, ㄷ, ㅂ'는 [k, t, p] 혹은 [g, d, b]로 발음이 된단다. 'ㅅ, ㅈ'은 혀끝에서 뱀이 내는 소리처럼 [s, ts]의 소리가 나지. 'ㆆ'은 대부분 된소리를 표시하기 위한 정도로 사용되었어. 다음 글자를 볼까?

> ### 지브로 돌아오싫제, 니르고져 훓배

'제'와 '배'는 각각 [쩨]와 [빼]에 더 가깝게 발음이 되지.

차청계열의 'ㅋ, ㅌ, ㅍ, ㅎ'는 현대국어처럼 [kh, th, ph, h]이고 'ㅊ'는 혀끝에서 나는 [tsh]로 발음한단다.

불청불탁계열의 'ㆁ, ㄴ, ㅁ, ㅇ, ㄹ, ㅿ'는 어떨까? 'ㆁ'는 현대국어의 'ㅇ'와 비슷하고, 'ㄴ, ㅁ'도 현대국어와 큰 차이가 없어. 'ㄹ'도 비슷하고. 'ㅇ, ㅿ'는 조금 달랐어. 'ㅿ'은 마찰이 나는 듯한 소리인 [z]를 나타낸단다.

중성 글자의 발음에 대해서도 이야기해 주마. 알파벳으로 표현하면 다음과 같아.

`ˎ`	*ʌ*	ㅡ	ï	ㅓ	i	ㅗ	o
ㅏ	a	ㅜ	u	ㅓ	ə	ㅛ	yo
ㅑ	ya	ㅠ	yu	ㅕ	yə	ㅘ	wa
ㆎ	wə	ㅓ	*ʌ*y	ㅢ	ïy	ㅚ	oy
ㅐ	ay	ㅟ	uy	ㅔ	əy	ㆉ	yoy
ㅒ	yay	ㆌ	yuy	ㅖ	yəy	ㅙ	way
ㆋ	wəy						

세종대왕이 이야기를 마치고는 정민이를 돌아봤다.

"어때, 이제 글자를 보고 소리를 떠올릴 수 있겠지?"

정민이가 활짝 웃으며 말했다.

"네, 당연하죠. 감사합니다."

세종대왕은 어쩐지 아쉬운 표정을 지었다.

"이제 네가 집으로 돌아갈 때가 된 것 같구나. 나와 산책을 하면서 중세 국어에 대한 많은 것을 배웠기를 바란다."

"저도 즐거웠어요. 사실 저는 국어를 그렇게 좋아하지 않았어요. 매번 똑같은 것만 배우고, 지루하고. 그런데 이렇게 소설을 듣는 것처럼 이야기를 들으니까 중세 국어도 재미있고 무엇보다도 우리나라 글이 소중하게 느껴지는 것 있죠. 암호 같기도 하고 수수께끼처럼 말이에요. 세종대왕님 덕분에 집으로 돌아가서 학교에 간다면 친구들한테 중세 국어에 대해서 잘 이야기해 줄 수 있을 것 같아요."

"네 덕분에 나도 많은 것을 배웠단다. 네가 앞으로도 국어에 대해서 재미있다고 느꼈던 이 순간을 잊지 않았으며 좋겠구나. 이만 가 보거라."

정민이는 발끝이 땅에서 떨어지는 느낌이 들었다.

언제나처럼 5교시 국어 수업이 시작되었다. 선생님은 정민이가 또 창밖을 보고 있을까 싶어 정민이의 자리를 봤다가 깜짝 놀랐다. 늘 졸거나 다른 곳을 보고 있던 정민이가 진지한 표정으로 칠판을 보고 있었던 것이다.

정민이는 쉬는 시간에 교과서에 나온 훈민정음 해례본 서문 읽기를 어려워하는 친구들에게 친절하게 설명을 해 주었다. 정민이의 국어 교과서 한편에 실려 있는 세종대왕 사진이 미소를 짓고 있는 것 같기도 하다.

중세국어란?

중세국어는 **훈민정음**이 창제된 (15세기)
중반에서 임진왜란 전까지의 국어를
이르는 말.

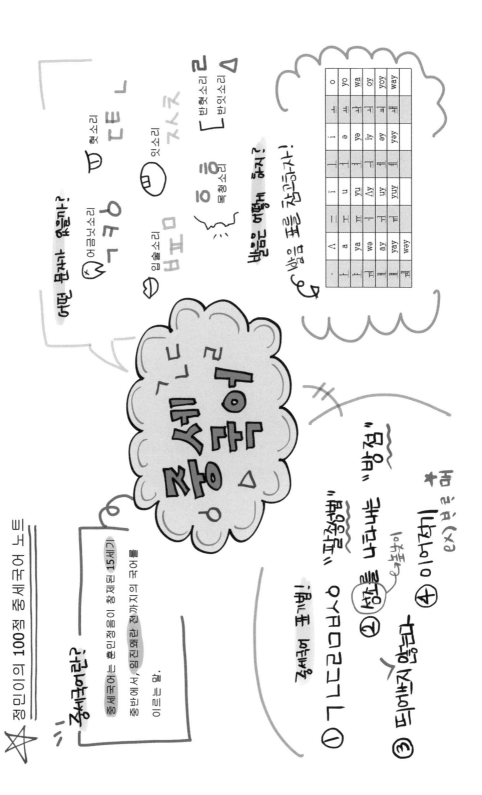

중세국어

어떤 문자가 있을까?

㉮ 어금닛소리 ㄱㅋㆁ ← 첫소리
   ㄷㅌㄴ
㉯ 입술소리 ㅂㅍㅁ ← 잇소리
   ㅈㅊㅅ
㉰ ㆆㅎㅇ ← 목청소리
   반혓소리 ㄹ
   반잇소리 △

발음도 어떻게 했을까?
발음 표를 참고하자!

·	ㅡ	ㅣ	ㅗ
a	ī	i	o
ㅏ	ㅜ	ㅔ	ㅛ
ya	u	e	yo
ㅑ	ㅠ	ㅖ	ㅘ
ay	yu	ye	wa
ㅓ	∧y	iy	oy
yay	uy	ey	yoy
ㅕ	yuy	yey	way
wey			
way			

모음 표 읽어봐!
① ㅣㅡㅏㅓㅗㅜ

② (상)을 나타내는 "방점"
    ↳ 높낮이

③ 띄어쓰기 안 됨!

④ 이어적기

맺음말

이 책을 처음 쓰기 시작했을 때 내가 무사히 마무리를 지을 수 있을지 의심이 들었다. 또 누가 봐도 어려운 중세 국어를 어떻게 누가 봐도 쉽게 풀어낼 것인가에 대한 고민도 끊이질 않았다. 다행히 책의 제목을 '세종대왕과 함께한 중세 국어 산책'이라 정하고 책의 방향을 정하자마자 글을 써 내려 가는 것은 생각보다 어렵지 않았다.

이 책을 쓰며 나 스스로도 잘 모르고 있던 중세 국어에 대해 공부할 수 있는 좋은 기회가 되었다고 생각한다. 지금까지는 훈민정음 해례본 서문을 대충 어디선가 들은 것을 토대로 읊는 정도밖에 하지 못했다면 이제는 중세 국어로 적힌 글을 보면 대부분의 글자들을 읽을 수 있다는 점에서 이 프로젝트를 진행한 보람이 있다고 생각한다.

책을 쓰는 동안 마치 내가 이야기의 주인공 '정민이'라도 된 양 이입을 해서 썼기 때문에 이 책을 읽는 독자들도 마치 책 속의 '정민이'가 되어 세종대왕과 즐거운 국어 산책을 즐기기를 바란다.

훈민정음은 우리가 생각하는 것보다 훨씬 더 체계적이고, 아름답고, 재미있는 글자들이다. 이 책을 읽은 여러분이 살면서 언젠가 마주칠 중세 국어 글자들을 반갑게 읽을 수 있었으면 좋겠다.

2020년 1월 책의 끄트머리를 접으며

김지민

품사가 어렵다면?

이거나 보시집

글·캘리그라피 김서준

그림 권소윤

프로필

• 김서준

여태까지의 문법책들이나 문법 사전들은 문법을 처음 배우는 학생들이나 아이들에게 적절하지 못했다. 난생 처음 들어보는 문법 용어들과 규칙들이 난무하는데다가 문법의 특성상 규칙을 알더라도 예외 사항들이 많아서 책을 읽어갈 때 눈꺼풀이 무거워지기 일 쑤였다. 하지만 이 책은 다르다. 아니 독자들이 느끼기에 달랐으면 한다. 이 책의 저자는 그저 평범한 고등학교 1학년에 불과하다. 저자는 문법에 대해서 전혀 전문가가 아니다. 전문가는커녕 문법에서 'ㅁ'도 모르는 햇병아리 수준이다. 그럼에도 불구하고 문법책을 쓰게 된 이유는 따로 있다. 물론 학교에서 국어 수행평가라서 하게 된 것도 있지만, 나는 평소에 책을 항상 써 보고 싶다는 생각을 가지고 있었다. 원래는 소설을 써 볼까 하여 몇 개의 노트에 끼적여도 보고, 시를 써 볼까 하여 더 작은 몇 개의 노트에 또 끼적여도 보았다. 하지만 나는 깨달았다. 내가 진짜 즐거워하는 것은, 흥미로워하는 것은 바로 그 저 사람들이 보고 좋아하는, 사람들이 보고 마음을 다지는 그런 글을 쓰는 것이 아니라 내가 아무리 얄팍하게 알고 있는 지식이라도 남에게 지식을 전달하는 것이었다. 그 때 문에 비록 문법에 대한 지식, 우리말에 대한 지식들이 다소 부족하더라도 앞으로 우리 말을 배우게 될 아이들을 위해, 또 문법을 어렵고 그저 글자 투성이인 이상한 학문으로 여기는 당신을 위해, 이 책을 쓴다.

p.s. 품사 하나가 나올 때마다 단어들이 나온다. 그 단어들을 모아 하나의 멋진 문장을 만들어 보자!

들어가기 전에

품사란

　단어들을 문법적 성질이 공통된 것끼리 모아서 갈래 지어놓은 것이다. 다시 말해, 사용과 성질이 비슷한 단어들끼리 모아서 분류한 것을 말한다. 우리말의 단어는 총 5개의 '언'과 9개의 '품사'로 나누어진다. 문장에서 단어가 하는 역할, 그 기능에 따라 체언, 용언, 수식언, 관계언, 독립언으로 총 5개의 '언'으로 나누어지며, 이는 다시 문장에서 단어가 가진 의미에 따라서 명사, 대명사, 수사, 동사, 형용사, 관형사, 부사, 조사, 감탄사의 9개의 '품사'로 나누어진다. 우리는 지금부터 이 9개의 품사에 대해서 하나하나씩 알아보게 될 것이다. 문법을 알기 위해 이 품사들을 차근차근 알아가는 것은 필수적이다. 문법을 배우기 위해 품사를 배우는 것은 마치 한옥을 짓는 법을 배우기 전에 그 재료에 대하여 먼저 배우는 것과 같다. 또 음식을, 맛있는 요리 근사한 요리를 하나 탄생시키기 전 그 재료를 꼼꼼히 따져보고 배우게 되는 것과 같다. 음식이든 집이든, 재료가 좋지 않으면 좋은 결과물을 얻어내기도 힘들어지기 마련이다. 물론 기술도 중요하지만, 기술을 배워나가기 전 기본을 갈고닦는 것은 항상 필요하다. 집을 지을 때 재료가 적절하지 못하면 얼마 못 가 무너지기 마련이며, 좋지 않은 재료로 음식의 맛을 살리는 것은 더더욱 힘든 일이다. 우리도 이와 같이 문장을 만들게 될 때, 말을 내뱉을 때마다 그 말의 재료들이 좋은지, 혹시 날카로운 것이 자칫 잘못 들어가서 상대방에게 상처를 주지는 않을지를 항상 생각하며 알맞은 품사, 적절한 품사를 사용하고 바른말 고운 말을 쓰는 습관들을 가져야겠다.

목차

내가 문장을 받쳐 줄게! 체언

지금부터 차례차례 '우리말 문장'을 만들려고 한다. 책의 한 챕터가 지날 때마다 우리는 또 다른 재료를 얻게 될 것이며, 그것을 차곡차곡 쌓으면 책의 말미에는 하나의 멋진 문장을 얻게 될 것이다.

그렇다면 우리말 문장을 만들기 위해서는 무엇부터 해야 할까? 집을 지으려고 하면 기반을 다지고, 기둥부터 세워야 한다. 케이크를 만들려면 안쪽에 케이크의 형체를 받쳐 줄 빵부터 구워야 한다. 우리말 문장도 마찬가지이다. 문장의 형체를 받쳐 줄 기둥이 우선적으로 필요하다. 우리는 이 기둥을 '체언'이라고 한다. 몸 체(體)와 말씀 언(言), 말의 몸체가 되어 준다는 뜻이다. 체언이 바탕이 되어 용언, 수식언 등의 다른 문장 성분들이 꾸며 주고, 체언의 행동이나 모습을 묘사하면서 하나의 문장이 만들어진다.

체언은 하나의 대상에게 지어진 이름과도 같아서 절대 그 뜻이나 형태가 변하지 않는다. 체언은 크게 세 가지로 나뉜다. 명사, 대명사, 수사이다. 명사는 사물의 고유한 이름을 표현하는 품사이며, 대명사는 명사를 대신할 수 있는 품사이다. 수사는 숫자들을 표현하는 품사이다.

　이 챕터에서는 이렇게 명사, 대명사, 수사의 문장의 기둥이 되는 품사 삼형제에 대해서 알아보게 될 것이다.

너의 이름은 뭐니?

너의 이름은 뭐니?

내 이름은 ○○○야
내 이름은 $$$이야
나는 @@@라고 해

이름이란
그 하찮은 세 글자의 이름이란
누구나 가지고 있는 것

이름이란
너와 나와 겹치기도 하는 이름이란
똑같아도 절대로 같지 않은 것

이름이란
너를 아는 열쇠가 되는 이름이란
지나가는 개미 한 마리도 갖고 있는 것

그러기에 나는
오늘도 처음 보는 너에게 물어본다.

너의 이름은 뭐니?

명사

체언 중 첫 번째 품사이자 가장 주요하게 쓰이는 명사는 '이름 씨'라고도 불린다. 사람의 이름, 사물의 명칭 등을 나타낼 때 사용되며, 사물의 의미를 그대로 전달하는 역할을 한다. 명사는 주로 뒤에 배우게 될 조사와 결합하여 사용되며, 조사와 결합함으로써 문장 안에서 주어, 목적어, 서술어, 보어, 관형어, 부사어로 사용될 수 있다. 명사와 조사가 콜라보를 하면 문장 내에서 거의 모든 곳에서 만능으로 쓰일 수 있는 것이다.

1. 혼자서 쓰일 수 있는가?

다른 문장 성분의 꾸밈을 받지 않고도 쓰일 수 있는 명사를 자립명사, 다른 문장 성분의 꾸밈을 받아야만 쓰일 수 있는 명사를 의존명사라고 한다.

2. 실제로 존재하는 것인가?

구체적인 대상을 의미하는 명사를 구상명사라고 하고, 머릿속에서만 떠올릴 수 있는 대상들을 의미하는 명사를 추상명사라 한다.

3. 사용 범위가 어느 정도인가?

특정 사물을 의미하는 명사를 고유명사라 하고, 넓은 의미를 가지는 것을 보통명사라 한다.

4. 감정이 있는가, 없는가?

감정을 가지는 동물이나 사람을 가리키는 명사를 유정명사, 감정이 없는 것을 가리키는 명사를 무정명사라 한다.

부끄러워서 그래……

왜 가면을 쓰고 있니?
부끄러워서 그래……

왜 남인 척하니?
부끄러워서 그래……

넌 항상
한 번 한 일은
다시는 안 하려 하더라?
부끄러워서 그래……

왜 자꾸 부끄러워 하니
당당히 너 자신을 보여 줄 순 없니?

모든 순간에
내 행동들이
소중한 내 이름 만하지 못해서
그것이 부끄러워서 그래……

부끄러워하는 너를 보며
내 행동들을 되돌아보며
나는 부끄러워한다.

대명사

명사를 대신한다 해서 대명사라고 한다. '대이름씨'라고도 불린다. 대명사의 용법에는 두 가지가 있다. 어떤 일이 일어났을 때 인물이나 사물을 직접 가리키는 것을 화용적 용법, 문장 전체를 가리키면 대용적 용법이라고 한다. 한국어에서는 대명사가 잘 발달하지 못했다고 하는데 그것은 자신보다 높은 위치에 있는 사람에게 대명사를 쓰는 것을 예의범절에 어긋난다고 보았기 때문이라고 한다.

1. 무엇을 가리키는가?

사람 등을 가리키는 것을 인칭대명사, '야', '그', '저'처럼 상황을 가리키는 것을 지시대명사라고 한다.

2. 지시대명사는
  1) 사물을 가리킬 때 – 사물대명사
  2) 장소를 가리킬 때 – 처소대명사
  3) 방향을 가리킬 때 – 방향대명사

숫자로 가득 찬 세상

누구든
숫자로 자신을 표할 수 있다.

너는 뭐든지 잘하니까
뭘 하든 잘하니까
너는 6
6이야

넌 친구가 많으니까
누구든 잘 어울리니까
너는 2
2야

너는 참 깔끔하니까
뭐든지 정확하게 해내니까
너는 3
3이야

세상은
이름으로 가득 차 있고

세상은
숫자로 가득 차 있네

아아, 세상은 우리로 가아득 차 있구나

수사

　체언의 마지막 멤버이다. '셈씨'라고도 부른다. 명사와 비슷해서 명사에 포함된다고 하는 사람들도 있지만, 일반적으로는 다른 것으로 취급된다. '수'를 나타내는 데 쓰인다. 명사랑 어찌 보면 비슷하지만, 전혀 다른 특성들을 가지고 있다. 놀라운 특성들을 가지고 있으나 그것까지 따지기에는 여백이 부족하여 수록하지 않는다. 수사는 자기들끼리 결합해서 무진장 많은 수사를 만들어낼 수 있다.

1. 순서를 나타내는가?

　'첫째', '둘째'처럼 순서를 나타내는 수사를 서수사, 그냥 수사를 기본수사라고 한다.

2. 한자로 만들어졌는가?

　고유어로 만들어진 수사를 고유어 계열 수사, 한자로 이루어진 것을 한자어 계열 수사라고 한다. 보통은 고유어 계열은 고유어 계열끼리만 어울리고, 한자어 계열은 한자어 계열끼리 어울린다.

무엇으로든 변할 수 있어! 용언

　용언은 '활용'을 할 수 있는 품사들을 말한다. 처음 듣게 되면 "활용? 활용이 뭐지?"라고 물을 수 있다. 이름이 한자로 되어 애매한 탓에 저자도 활용이란 말을 처음 들었을 때는 문장 어디든지 갖다 붙일 수 있다는 뜻인 줄로 알았다. 활용이란 문장 내에서 형태가 변형되어 쓸 수 있다는 것을 말한다. 형태를 바꾸어서 말의 '투'를 바꾸어 주는 등 다양한 방식으로 문장의 기둥이 되었던 체언들을 서술해 주는 역할을 한다.

너의 마음

따르르릉
따르르르릉

여보세요?
너 지금 뭐하니?
두드리고 있어

따르르릉
여보세요오?
지금은 뭐하니?
들어가고 있어

따르르릉
여보세요오오?
이제는 뭐하니?
둘러보고 있어

그런데 뭘 말이야?

나중에 알려 줄게!

동사

'움직씨'라고도 불린다. 활용을 할 수 있으며, 물체나 사물의 움직임, 동작을 표현한다. 주어를 서술해 주는 역할을 한다. 주어가 하는 행동을 선택하고 꾸며 주는 역할을 해서 동사가 없다면 원하는 문장을 만들기가 매우 힘들어진다. 그래서 동사가 오히려 문장의 중심이 된다고 하는 의견도 있다.

1. 뒤에 목적어가 필요한가?

뒤에 목적어가 와야지만 쓸 수 있는 동사를 타동사라고 하고, 뒤에 목적어가 오면 안 되는 동사를 자동사라고 한다.

2. 어떠한 접미사가 붙게 되는가?

피동접미사를 가지는 동사를 피동사, 사동접미사를 가지는 동사를 사동사라고 한다. 피동은 자신이 당하는 행위, 사동은 남에게 시키는 행위를 말한다.

3. 규칙적으로 활용하는가?

규칙에 어긋나지 않게 활용하는 동사를 규칙동사, 그렇지 못한 동사를 불규칙동사라고 한다.

4. 보어가 꼭 필요한가?

보어를 꼭 필요로 하는 동사를 불완전동사라고 한다.

동사는 이 외에도 많은 분류 기준을 가지고 있다. 기회가 있으면 꼭 한 번 인터넷에서 찾아보길 바란다.

무시무 '시'

무서운

어두운

차가운

딱딱한

예쁜

아름다운

부드러운

포근한

외로운

암울한

축축한

늘어지는

씩씩한

당당한

단단한

굴하지 않는

너

형용사

사람이나 사물의 성질, 상태, 존재를 나타내는 품사이다. 형용사와 동사는 어떤 차이가 있을까? 형용사는 현재 진행 중인 일을 표현하는 진행형이 존재하지 않으며, 다양한 '투'를 사용하는 것이 불가능하다. 또한 능동과 피동, 자동과 타동의 구별을 하고 있지 않다.

1. 어떤 의미를 지니는가?

형용사는 자신이 가진 의미에 따라서 성상형용사, 지시형용사, 비교형용사, 수량형용사 등으로 나눌 수 있다.

2. 규칙적인 활용을 하는가?

규칙적인 활용을 하는 형용사를 규칙형용사, 그렇지 않은 형용사를 불규칙형용사라고 한다.

내가 꽃단장시켜 줄게! 수식언

  체언과 용언을 꾸며 주는 역할을 하는 품사를 수식언이라고 한다. 수식이라는 말은 꾸며 준다는 말과 같은 뜻이라고 보면 된다. '꾸밈씨'라고도 부른다. 주로 단어의 앞에서 뒤의 말의 의미를 제한하거나 꾸며 주는 역할을 한다. 이처럼 앞에서 뒤의 말을 꾸며 주는 구조를 전치 수식이라고 부른다. 수식언은 자체적으로 형태를 바꾸거나 문장의 의미, '투'를 바꾸는 것이 불가능하다. 불쌍하게도 영원히 자신을 단장하지 못하고 다른 단어를 꾸며 주는 역할밖에 하지 못한다.

밤하늘의

어느 삼 형제의 이야기

우리는 삼 형제에요.

첫째는 철학자이고요.
둘째는 판사
셋째는 수학자래요.

우리 삼 형제는
수다 떠는 것을 정말 좋아해요.

우리 삼 형제는
입이 정말 가벼워요.

어떤 말이든
우리 입을 거치면
커다랗게 과장되죠.

누구든 비밀이 있으면
우리한텐 얘기하지 않는 게
좋을 거예요.

잘못된 소문이
퍼지지 않길 바라면 말이죠.

관형사

'매김씨'라고도 부른다. 체언을 꾸며 주는 역할을 한다. 앞의 시에서 얘기했듯이, 관형사는 삼 형제이다. 체언을 어떠한 뜻으로 꾸미는지에 따라서 세 가지로 나누어진다.

1. 지시관형사 - 철학자
체언의 거리, 멀고 가까움을 주관적으로 나타내 주는 관형사이다.

2. 형용관형사 - 판사
뒤에 오는 체언의 성질이나 상태를 제한해 주는 역할을 하는 관형사이다.

3. 수량관형사 - 수학자
뒤에 오는 체언의 수량이나 순서를 나타내는 역할을 해 주는 관형사이다.

어느 세 자매의 이야기

우리는 세 자매에요.

첫째는 연구원이고요.
둘째는 정치인
셋째는 상담사랍니다.

우리 세 자매는

삼 형제보다 더
수다 떠는 것을 좋아해요.

삼 형제보다 더
입이 깃털 같아요.

어떤 말이든
우리 입을 거치면
거대하게 과장되죠.

누구든 비밀이 있으면
우리한텐 더더욱 얘기하지 않는 게
좋을 거예요.

집채만한 소문이
곳곳에 번지지 않길 바라면 말이죠.

부사

'어찌씨'라고도 부른다. 용언을 수식해 주는 역할을 하며, 상황에 따라서 문장, 체언, 관형사를 수식하는 경우도 생긴다. 부사 역시 문장 안에서 항상 남을 꾸며 주는 역할밖에 하지 않는다. 또 활용을 하지 못한다.

1. 수식하는 말의 성격이 어떠한가?

문장의 특정 성분을 수식하는 부사를 성분부사, 문장 전체를 수식하는 부사를 문장부사라고 한다.

2. 몇 개가 합쳐져 있는가?

단일 형태소로 이루어진 부사를 순수부사, 두 개의 성분이 합쳐진 합성부사, 꼬리말이 붙어서 부사로 변화한 전성부사로 나누어진다.

둘이 친하게 지내렴! 관계언

관계언에는 조사밖에 없다. 관계언은 독립적인 두 개의 말과 말 사이에서 그들을 연관지어 주는 역할을 한다.

그림자

너가 참 좋아
혼자 있기 싫거든

너가 참 좋아
너가 없음 악몽 꾸거든

너가 참 좋아
너에게 항상 붙어다닐 거야

너가 참 좋아
어디든지 잘 적응하도록
내가 도와 줄게

어
디
든

따라갈 거야

조사

　문장에서 특별한 의미 요소를 추가하는 역할을 하는 품사이다. '토씨'라고도 불린다. 조사 중에서도 서술격 조사인 '이다'는 체언에 달라붙어서 서술어로 만들어 버리는 기능을 하기 때문에 조사가 맞는지에 대한 논란이 있기도 했다. 결론은 우리의 교과서들은 조사로 분류하고 있다는 것이다. 조사는 크게 격조사, 보조사, 접속조사 등이 있는데, 이들 모두 의미상으로는 관계어에 포함되어야 할 것 같지만 조사는 문법적 관계를 만들어 주기보다는 문장에 특별한 의미를 부여해 주기 때문에 독립적으로 보고 있다. 활용하지 않는다. 조사는 절대로 독립적으로 쓰일 수는 없지만, 엄연히 하나의 문장성분으로 인정할 수 있다.

난 특별해! 독립언

아무리 생각해 봐도 독립언이나 감탄사나 마찬가지라서 할 얘기가 없다…….

!

내가 생각하기에

나는

슈퍼히어로인 것 같아

사람들은 놀랐을 때 나를 불러

무섭거나

기쁘거나

당황할 때

그때 나를 불러

그럴 때마다 나는

어디든지

얼마든지

언제든지

달려가 너의 시작과 끝을

함께해 줄게

감탄사

　말하는 사람이 놀라거나 남을 부르거나 대답할 때에 사람의 감정을 표현하는 역할을 한다. 감탄사는 독립언이기 때문에 다른 문장 성분들과 상호작용하지 않는다. 감탄사는 말하는 대상과 상관없이 자신의 감정만을 드러내는 감정 감탄사, 상대방을 생각하여 부르는 등으로 자신의 생각을 표현하는 의지 감탄사, 또 아무 생각 없이, 아무 의미 없이 내뱉는 기타 감탄사들로 분류된다. 감탄사는 매우 특수하여서 문장의 어느 위치든 자유롭게 다닐 수 있다. 당연히 활용도 하지 않는다.

| 자료 및 정보 출처 |

한국민족문화대백과사전

국립국어원

『고등 문제로 국어문법』, 디딤돌

| 모든 그림 |

by 새우

사실 새우는 부산 대명여자고등학교 1학년 권소윤입니다.

맺음말

    시를 짓고, 문법의 여러 용어와 성질들을 이해하는 것은 참 힘들었다. 최대한 문법 용어들을 사용하지 않고 쉽게 설명하기 위해서 노력했기에 독자들 모두 문법이라도 거부감 없이 쉽게 받아들일 수 있었길 바란다. 앞의 시들은 아무 의미 없어 보여도 당신이 생각하는 것보단 꽤 많은 의미를 가지고 있으니 이번 기회에 품사에 대해 검색해 보며 좀 더 깊이 알아보는 시간을 가져보자. 참고로 내 본명은 '김서준'이다. 즐거운 여행이 되었길 바라며 다음 페이지에 적혀 있는 여태까지 모아온 품사들로 이루어진 멋진 문장을 한번 바라보도록 하자. 모두 여기까지 오느라 수고 많으셨습니다!

대구과학고등학교 1학년

김서준

청소년을 위한

집현전 문법 선생님
어간과 어미 편

장형석

프로필

• 장형석

2004년 울산에서 태어났다. 울산에서 초·중학교를 졸업하고 대구로 올라와 대구과학고 등학교에 재학 중이다.

국어에 상당한 흥미가 있어 문학, 비문학, 국문법에 이르기까지 다양한 분야에서 활동을 이어나가고 있다. 문학 분야에서는 소설 쓰기 활동에 힘쓰고 있으며, 비문학 분야에서는 학생들을 위한 칼럼 쓰기 활동을 진행하고 있다. 한편 국문법 분야에서는 문장 단위의 국문법보다 단어 하나하나의 성질을 알아보는 것에 호기심을 느껴 '어간과 어미'를 주제로 다양한 국문법을 탐구하고 있다. 현재까지 조사, 탐구한 내용을 바탕으로 '청소년을 위한 집현전 문법 선생님'을 집필하게 되었다.

만남의 인사

반가워요, 친구들.

저는 오늘 친구들과 함께 '어간과 어미'에 대해 공부하게 된 조선 최고의 스타강사 **이힘찬**이라고 해요. 집현전에서 청소년 친구들을 대상으로 국어를 가르치기 위해 문법책을 펴내는 일을 맡고 있답니다. 딱딱한 선비라고 생각할 수도 있겠지만 최대한 친구들에게 쉽게 설명하기 위해 노력했으니 책에 푹 빠져들 수 있을 거예요.

오늘 우리가 함께 공부할 내용은 바로 '어간과 어미'랍니다. 혹시 '어간과 어미'라는 말 들어본 적 있나요? 아하, 학교 국어 시간에 들어본 적 있다고요? 저기 들어본 적 없는 친구들도 꽤 있군요. 아무튼, 좋습니다. 오늘 수업을 듣고 나면 친구들 모두 어간과 어미의 달인이 되어 있을 거라 장담할게요.

오늘 수업을 도와주기 위해 친구 두 명이 직접 선생님을 찾아왔어요. 두 친구 모두 중학교 2학년 학생들이고, 국어에 관심이 많은 친구예요. 먼저 여기 왼쪽 학생은 세모입니다. 그리고 오른쪽 학생은 네모예요. 오늘 하루 동안 같이 수업을 듣게 될 친구들이니까 친하게 지내도록 해요.

자, 그럼 두 친구와 함께 집현전 문법 수업을 시작해 볼까요?

목차

1교시 어간과 어미가 무엇인가요?

친구들 모두 만나서 반가워요.
앞에서 소개한 집현전 학자 **이힘찬**입니다.

세모, 네모 : 안녕하세요, 선생님!

본격적인 수업을 시작하기에 앞서, 어간과 어미가 무엇인지 배워
볼 거예요. 혹시 어간과 어미라는 말을 들어본 친구가 있나요?

세모 : 앗, 어간과 어미……. 어디서 많이 들어봤어요!

그래요, 세모 친구가 한 번 설명해 볼까요?

세모 : 예를 들어 '작다, 작고, 작으니'에서 어간은 '작-', 어미는
'-다, -고, -으니'와 같은 부분이라고 생각해요.

훌륭한 예시네요! 세모의 말이 맞습니다. 어간과 어미는 마치 퍼

즐과 같습니다. '작-'이라는 조각에, 의도에 맞게 '-다', '-고', '-으니' 같은 조각을 합쳐서 사용할 수 있는 거죠.

그런데 사실은 어간과 어미를 공부하기 전에 알아야 할 것이 있습니다. 바로 용언이라는 건데요, 혹시 용언이라는 말을 들어본 친구가 있을까요?

세모, 네모 : 음……. 잘 모르겠어요.

좋아요. 시작부터 완벽한 경우가 어디 있겠어요. 용언부터 차근차근 시작해 봅시다. 용언이란 '독립된 뜻을 가지고 어미를 활용하여 문장 성분으로서 서술의 기능을 하는 말'입니다.

네모 : 선생님! 쉽게 설명해 주세요.

물론이죠. 하나하나 쉽게 풀어서 해석해 봅시다.
먼저 용언에서 독립된 뜻을 가진 부분을 바로 '어간'이라고 합니다. 앞서 세모가 소개한 '작-'을 생각해 볼 수 있겠네요. '작-' 뒤에 붙은 말을 가려도 우리는 그 뜻을 알 수 있답니다.

세모, 네모는 신기한 표정으로 교실 천장을 바라보며 여러 단어를 중얼거렸다.

먹, 신, 믿, 울, 넘, 넓, 훑, 읊, 옳, 없, 있, ……

어때요, 첫 단추가 마음에 드나요? 좋습니다. 다음으로 넘어가 봅시다. 어미를 활용한다는 것이 무슨 뜻일까요?

세모 : '작-' 뒤에 어미를 붙여서 여러 가지 상황에서 사용할 수 있다는 뜻인 것 같아요!

하나를 알려 주면 열을 안다더니, 세모를 두고 하는 말인 것 같네요. 정말 대단한 학생입니다. 이 책을 보는 여러분들도 물론 다 알고 계셨다면서요? 훌륭합니다.

세모는 뿌듯한 표정을 지었다. 세모의 눈빛에 자신감이 가득하였다.

그렇다면 이제 눈치챈 학생들이 있을 거 같네요. 왜 선생님이 용언 이야기를 했는지 말이에요.

네모 : 아하, 어간과 어미가 바로 용언을 구성하는 성분들이군요! 용언이 곧 어간 더하기 어미인 거지요.

용언 = 어간 + 어미

세모 친구, 긴장해야겠는걸요. 네모가 매섭게 치고 올라오고 있답니다. 하하, 농담이고요. 두 학생 모두 정말 잘 대답해 주었습니다.

맞습니다. 바로 어간과 어미의 출발점이 용언이기 때문에 우리는 용언을 먼저 공부한 것입니다. 친구들이 이 게임도 하고 싶고, 저 게임도 하고 싶다면 먼저 게임기를 사는 게 가장 우선이겠죠?

게임 얘기가 나오자 세모의 눈이 초롱초롱해졌다.

하하, 아무래도 예시를 잘못 들었나 보네요. 아무튼, 용언의 뜻을 알아보면서 자연스럽게 용언을 왜 배우는지까지 소개했습니다. 용언에 대해서 조금만 더 알아봅시다. 서술의 기능이 과연 무엇일까요?

세모 : 대상의 특징이나 행동을 설명하는……, 비슷한 게 아닐까요?

좋은 접근입니다. 사실 서술의 기능을 이해하려면, 용언의 종류에 대해서 먼저 알아야 합니다. 용언에는 크게 두 가지가 있는데요,

세모가 말했던 내용을 잘 생각해 보면 알 수 있을 겁니다.

네모 : 동사와 형용사가 아닐까요?

역시 훌륭한 제자들입니다. 이걸 단숨에 맞추다니요. 그렇다면 이제 서술의 기능을 설명할 준비가 되었습니다. 과연 동사와 형용사는 무엇을 서술하는 것일까요?

세모 : 아하, 동사가 바로 동작을 서술하는 말이군요? 그렇다면 형용사는……, 성질이나 상태를 서술하겠네요!

그렇습니다. 여러분 모두 세모의 말이 이해되시나요? 용언은 동사와 형용사로 구성되어 있는데 동사는 동작을, 형용사는 성질이나 상태를 서술하는 말이므로 용언이 '서술의 기능'을 한다고 할 수 있는 것이에요. 아주 훌륭합니다. 우리 벌써 용언에 대해서 완벽히 알아봤습니다. 지금까지 배운 내용을 한 번 정리해 볼까요?

이힘찬은 칠판에 다가갔다.

1. 용언은 어간과 어미로 구성되어 있다.
2. 어간은 독립된 뜻을 가지고 변하지 않는 부분이고, 어미는 문장에 따라 활용할 수 있는 부분이다.

3. 용언은 동작을 나타내거나(동사) 성질이나 상태를 나타
낼 때(형용사) 사용된다.

네모는 피곤한지 눈을 비비고 기지개를 켰다.

이런, 네모 학생 그러다 깜박 잠들겠어요. 우리 잠도 깰 겸 같이
문제 하나 풀어볼까요?

다음 문장에서 용언을 찾고, 어간과 어미로 구분해 봅시다.

세모야, 학교에 가자.

답은 여러분 스스로 찾아보는 것으로 합시다.

네모는 영 잠이 덜 깼는지 몸을 바스락거렸다.

조금 쉬었다 계속합시다. 2교시에는 왜 어간과 어미를 나누어서
써야 하는지, 그게 어떤 장점이 있는지 살펴볼 겁니다. 다음 내용이
궁금한 친구들은 지금 바로 다음 장을 넘겨보아도 좋아요.

2교시 어간과 어미는 왜 나누어져 있나요?

네모는 어느새 활기찬 모습을 되찾았다.

좋아요, 다들 잘 쉬었나요? 이번 시간에는 어간과 어미가 왜 나누어져 있는지, 이게 어떤 장점이 있는지 알아볼 거예요.

세모 : 선생님, 선생님! 궁금한 게 있어요. 어간과 어미는 우리말에만 존재하는 것인가요? 다른 나라 말에는 어간과 어미라는 개념이 없나요?

정말 좋은 질문입니다. 이 질문을 대답하고 이번 시간을 시작하도록 해요. 여러분은 어떻게 생각하시나요? 어간과 어미가 과연 우리말에만 있는 것일까요? 사실 그 기준은 분명하지 않습니다. 우리에게 가장 친숙한 외국어인 영어의 경우 우리가 생각하는 어간은, 어근에 더 가깝습니다. 영어의 경우 어간과 어근을 크게 구별하지 않습니다. 또, 영어는 우리말과 다르게 꼭 용언에만 어간이 존재하는 것이 아닙니다. 예를 들어 bio-는 생물과 관련된 단어를 구성하는 어간(어근)입니다. biology(생물학) 같은 단어는 우리가 생각하는 용언에 속하지 않지만, bio-라는 어간을 갖고 있어요.

biology(생물학), biodiversity(생물다양성),

antibiotic(항생제), ……

그럼 반대로, 영어에서 우리가 생각하는 용언은 어떨까요?

세모가 책을 읽는다. 이 문장을 영어로 말해 볼까요?

세모 : Semo reads a book.

잘했습니다. 이번엔 이 문장들도 해 볼까요?

세모야, 책을 읽어라. / 세모야, 책을 읽자.

네모 : Semo, read a book. / Semo, let's read a book.

좋았어요! 이제 우리말과 다른 점을 찾았나요?

세모 : 우리가 생각하는 용언에는 형태적인 변화가 없군요!

그렇습니다. 영어에서 쓰이는 동사와 형용사는 그 위치와 상관없이 기본적인 형태가 변하지 않습니다. 인칭이나 시제를 제외하면 말이죠. 영어에서는 접속사나 전치사, 맥락 등을 통해서 우리말의 어미 역할을 대신합니다.

그렇다면 우리말의 용언을 표기할 때 어간과 어미를 구분해서 적는 이유는 무엇일까요? 그러면 어떤 점이 좋을까요? 수업을 이어 나가기 전에 여러분의 생각을 들어보도록 하겠습니다. 독자 여러분 도 잠깐 책 읽기를 멈추고, 어간과 어미를 구별하여 적는 것의 편리 한 점을 생각해 보아요.

세모 : 다양한 상황에서 말하는 이의 의도를 파악하기 쉬울 것 같아요.

네모 : 다양한 상황에서 용언이 활용될 수 있어요. 음……, 또 읽 는 사람이 그 뜻을 명확하게 파악할 수 있어요.

모두 맞는 말입니다. 사실 어간과 어미를 구분해서 표기하는 것 의 좋은 점을 알고 싶다면, 어간과 어미를 구별하지 않고 적는 것을 상상해 보는 게 좋아요. 한번 해 볼까요?

> 먹다, 먹고, 머거, 머그니, ……
> 신다, 신고, 시너, 시느니, ……
> 믿다, 믿고, 미더, 미드니, ……
> 넘다, 넘고, 너머, 너므니, ……

어간과 어미를 구별하지 않고 써 보니 어떤가요? 어간의 범위를 인식할 수 없으니 통일성이 전혀 느껴지지 않는군요. 또 이런 단어가 책에 쓰인다 생각해 봅시다. 분명 독서의 능률이 한참 떨어질 것입니다. 물론 우리말을 처음 보는 사람도 위 단어들에 어색함을 느끼고 배우는 데 어려움을 느낄 것입니다.

자, 어간과 어미가 없는 우리말을 상상해 보며 어간과 어미가 나누어져 있을 때 좋은 점을 여러 가지 살펴보았습니다. 정리해 볼까요?

세모 : 통일성을 높인다. 그리고 ……

네모 : 독서의 능률을 높인다는 거군요!

바로 그겁니다! 사람들이 책을 읽을 때도 어형을 보고 바로 말 뜻을 파악할 수 있어서 독서의 능률이 매우 높아진다는 거지요.

네모 : 선생님, 그런데요. '가다, 가, 간'이라든지, '오다, 와, 온' 같은 경우에는 어간과 어미를 구별하여 적지 못하지 않나요?

좋은 질문입니다. 맞는 말이에요. 보다시피 '가다, 가, 간'이라든지, '오다, 와, 온' 같은 경우에는 원래 어간이 그대로 남아 있지 않습니다. 그런데 이런 경우는 왜 생기는 것일까요? 바로 자모를 음절 단위로 모아쓰는 한글의 특성 때문입니다. 쉽게 말하면, 위에서 상상해 본 단어들처럼 어간과 어미가 나누어지지 않은 것은 아닙니다. 어간과 어미는 분명히 나누어져 있지만, 한글의 음절 특성상 어쩔 수 없이 발생하는 일입니다. 그렇지만 여전히 어간의 형태가 단어 속에 남아 있으므로 우리가 생각한 장점을 그대로 지니고 있습니다.

한편 이런 단어들과는 다르게, 실제로 어간 자체가 변화하여 이 점이 표기에 반영되는 불규칙 용언들이 일부 존재합니다.

3교시 불규칙 용언, 넌 대체 누구냐?

　아쉽게도 벌써 마지막 시간이군요. 오늘의 마지막 수업은 바로 '불규칙 용언'입니다. 많은 친구가 '불규칙'이나 '예외'라는 말을 들으면 지레 겁을 먹고 포기한다는 것을 알고 있습니다. 그렇지만 이번엔 여러분들이 평소에 자주 쓰는, 이미 익숙한 예외들을 소개할 것입니다. 분명 수업을 듣다 보면, 자연스럽게 예외에 맞추어 말하고 있는 여러분을 발견할 겁니다.

　우리말 용언의 예외에는 총 9가지가 있는데요, 그중에서도 가장 많이 쓰이는 5가지 예외에 대해서 알아볼 거예요. 많은 예시와 함께 가벼운 마음으로 알아가 봅시다.

　세모와 네모의 반응이 시큰둥하다. 예외가 9가지나 된다는 이힘찬의 말에 더더욱 의기소침해졌다.

　앗, 우리 친구들도 겁을 먹었나 보군요. 전혀 그럴 필요 없습니다. 정말 쉽고 간단한 예시들을 살펴볼 거예요.

　첫 번째, 어간의 끝 'ㄹ'이 사라질 때가 있습니다. 어떤 예가 있을까요?

　세모 : 음……, '바람이 <u>부니</u>(불다) 시원하구나!'

　좋아요, 또 있을까요?

네모 : '임금이 <u>어지니</u>(어질다) 나라가 평안하다.'

잘했어요! 어간의 끝자음이 'ㄹ'일 때, 이 'ㄹ'이 'ㄴ'이나 'ㅂ' 또는 'ㅅ'나 '오'로 시작되는 어미 앞에서는 발음되지 않게 됩니다. 가령 '부니/분/붑니다/부시다(불다)', '어지니/어진/어집니다/어지시다(어질다)' 등이 있겠군요.

두 번째는 비슷하지만, 이번엔 'ㅅ'이 사라질 때입니다. 또 어떤 예가 있을까요?

네모 : '형광펜으로 밑줄을 <u>그었다</u>(긋다).'
세모 : '세모는 질세라 말을 <u>이었다</u>(잇다).' 앗, 말하고 보니 제 얼굴에 침 뱉기였군요.

세모는 멋쩍은지 웃어 보였다.

하하, 아무튼 좋습니다. 훌륭한 예시군요. 이처럼 'ㅅ'으로 끝나는 어간이 모음으로 시작하는 어미를 만나면 'ㅅ'이 발음되지 않습니다. '그어/그으니/그었다(긋다)', '나아/나으니/나았다(낫다)' 등이 있답니다. 첫 번째와 다른 점이라면, 이번엔 어미가 모음 '어/으니/으면/……'으로 시자할 때 이런 현상이 일어난다는 점이에요.

벌써 절반이나 왔군요. 힘내 봅시다. 세 번째도 비슷한데요. 어간의 끝 'ㅎ'이 사라지는 현상입니다. 무엇이 있을까요?

세모 : '내가 이겼다. <u>그러니</u>(그렇다) 인정해라!'

네모 : ……, 이번엔 제가 정말 진 것 같군요.

아닙니다. 'ㅎ'으로 끝나는 어간은 생각하기 쉽지 않아요. 'ㅎ'으로 끝나는 어간이 'ㄱ, ㄷ, ㅂ, ㅈ'이 아닌 자음들과 만나면 사라지게 됩니다. 예를 들어 '그러니, 그럴, 그러면(그렇다)' 등이 있겠군요.

네 번째는 어간의 끝 'ㅜ, ㅡ'가 사라지는 경우입니다. 평소에 자주 쓰는 말 중에도 이런 경우가 많습니다. 어떤 게 있을까요?

세모 : '불 좀 <u>꺼</u>(끄다)!', '나 지금 <u>바빠</u>(바쁘다).'

네모 : 이건 껌이지. '김치를 <u>담갔다</u>(담그다).'

평소에 자주 쓰는 말들이 제법 보이죠? '퍼/펐다(푸다)', '떠/떴다(뜨다)', '고파/고팠다(고프다)' 등 많은 예시가 있답니다.

마지막 다섯 번째는 어간의 끝 'ㄷ'이 'ㄹ'로 변하는 경우입니다. 한번 생각해 볼까요?

세모 : 앗, 사라지는 대신 변하는 경우는 처음이군요? 음, '그 소식을 <u>들었다</u>(듣다).'

네모 : '혼자 길을 <u>걸었다</u>(걷다).'

정말 잘했어요! 이처럼 'ㄷ'으로 끝나는 어간이 모음으로 시작된 어미를 만나면 'ㄹ'로 변하게 됩니다. '물어/물으니/물었다.(묻다)', '실어/실으니/실었다(신다)' 등이 있겠군요. 여기서 주의할 것은, 질문의 뜻으로 사용된 '묻다'는 불규칙 용언이지만, 흙에 쌓아 덮는다는 뜻으로 사용된 '묻다'는 규칙 용언이기 때문에 위 변화를 적용하면 안 됩니다.

어때요, 그렇게 어렵지 않지요? 사실 소개하지 않은 4가지 경우도 제법 많이 등장하지만 제가 소개한 5가지를 잘 기억해두는 것이 더 도움이 될 것 같아요. 그럼 이번 시간에 배운 내용 정리하면서 수업을 마치도록 하겠습니다.

1. 어간의 끝 'ㄹ'이, 'ㄴ'이나 'ㅂ' 또는 'ㅅ'나 'ㅗ'로 시작되는 어미를 만나면 발음되지 않는다.
2. 어간의 끝 'ㅅ'이, 모음으로 시작하는 어미를 만나면 발음되지 않는다.
3. 어간의 끝 'ㅎ'이, 'ㄱ, ㄷ, ㅂ, ㅈ'이 아닌 자음들과 만나면 발음되지 않는다.
4. 어간의 끝 'ㅜ, ㅡ'가 사라지는 경우는 예시로 기억하자.
5. 'ㄷ'으로 끝나는 어간이 모음으로 시작된 어미를 만나면 'ㄹ'로 변한다.
6. 위 모든 규칙은 '불규칙 용언'에 대해서만 적용된다.

자, 집에 갑시다. 수업 듣느라 수고 많았어요.

맺음말

　이힘찬이라는 학자를 세워 제가 그동안 공부한 어간과 어미에 대해 쉽게 설명해 보고자 이렇게 책을 쓰게 되었습니다. 처음 책 쓰기를 시작할 때는 마감 시간이라든지, 분량에 긴장하여 내가 과연 잘할 수 있을까 많은 고민이 있었습니다. 그런데 이러한 고민이, 글을 쓰다 보니 어느새 이힘찬에 심취해 어떻게 하면 아이들에게 더 잘 가르쳐 줄 수 있겠냐는 고민으로 변하게 되었습니다. 제 모든 노하우와 지식을 담아 청소년들에게 많은 정보를, 쉽고 정확하게 알려 드리기 위해 노력했습니다. 부디 청소년들이 국문법에 관심을 두고 우리말의 소중함을 잊지 말았으면 좋겠습니다.

| 참고 문헌 |

이희승·안병희·한재영, 『한글 맞춤법 강의』, 신구문화사, 2013

국어의
로마자 표기법

최지항

프로필

• 최지항

'될 대로 돼라'라는 생각으로 하루하루를 보내다 보니 어느새 대구과학고에 와있었다. 늘 평범한 날들 속에도 정작 평범한 것은 단 하나도 없었음을 느끼며 대구과학고에서의 생활을 보내고 있다. 이 평범하지 않았던 기억들을 간직하려는 걸까, 추억을 무척 중요하게 여긴다. 이 책도 그 추억들의 기록 중 하나이다. 흔치 않은 왼손잡이이며, 자신 있는 분야로는 수학과 사회라는 낯선 조합을 뽑는 특이한 인물이다.

목차

음운별 로마자 표기

　국어를 로마자로 표기하기 위해서는 음운별 기본 로마자 표기를 알아야 합니다. 하지만 이를 정리한 표만으로 모든 단어의 로마자 표기가 가능하다면 이 책은 필요하지 않았을 것입니다. 그러므로 이 표 뒤에서는 기본 로마자 표기와 다르게 표기하는 사례들을 실제 사례와 함께 알아보도록 하겠습니다.

　여기서 다루는 표의 내용은 뒤의 내용을 이해하는 데에도 필요할 것입니다. 다음 표들은 2014년에 문화체육관광부가 고시한 「국어의 로마자 표기법」을 기준으로 합니다.

1. 단모음

ㅏ	ㅓ	ㅗ	ㅜ	ㅡ	ㅣ	ㅐ	ㅔ	ㅚ	ㅟ
a	eo	o	u	eu	i	ae	e	oe	wi

2. 이중 모음 (ㅢ는 ㅡ로 발음되어도 ui로 표기합니다.)

ㅑ	ㅕ	ㅛ	ㅠ	ㅒ	ㅖ	ㅘ	ㅙ	ㅝ	ㅞ	ㅢ
ya	yeo	yo	yu	yae	ya	wa	wae	wo	we	ui

3. 파열음

ㄱ	ㄲ	ㅋ	ㄷ	ㄸ	ㅌ	ㅂ	ㅃ	ㅍ
g, k	kk	k	d, t	tt	t	b, p	pp	p

4. 파찰음, 마찰음, 비음, 유음

파찰음		마찰음			비음			유음
ㅈ	ㅉ	ㅊ	ㅅ	ㅆ	ㅎ	ㄴ	ㅁ	ㅇ	ㄹ
j	jj	ch	s	ss	h	n	m	ng	r, l

표를 읽어 보셨나요? 자세히 읽으셨다면 눈치채셨겠지만, 일부 음운의 경우 그에 대한 로마자 표기가 두 가지 존재합니다. 사진과 함께 설명하겠습니다.

파열음 "ㄱ, ㄷ, ㅂ"

'역곡(Yeokgok)'에는 세 개의 'ㄱ'이 있습니다. 첫 번째 'ㄱ'은 자음 앞에 위치합니다. 그리고 우리는 이 예시를 통해 자음 앞에 위치하는 'ㄱ'이 'k'로 표기됨을 확인할 수 있습니다. 두 번째 'ㄱ'은 모음 앞에 위치하고 예시를 통해 이것이 'g'로 표기됨을 확인할 수 있습니다. 마지막 'ㄱ'은 단어 끝에 위치하고 이는 'k'로 표기됨을 알 수 있습니다. '역곡'의 사례를 통해 알아본 파열음의 위치에 따른 로마자 표기 변화를 표로 정리하면 다음과 같습니다.

파열음 위치	모음 앞	자음 앞, 단어 끝
ㄱ	g	k
ㄷ	d	t
ㅂ	b	p

그런데 위의 역곡역 예시에서 무언가 이상한 점을 발견하지 않으셨나요? '역곡'은 [역꼭]으로 발음되는데 로마자 표기는 [역곡]을 기준으로 하고 있습니다. 이는 된소리되기 현상을 로마자 표기에 반영하지 않기 때문입니다.

유음 "ㄹ"

다음 예시는 '회룡(Hoeryong)'과 '망월사(Mangwolsa)'입니다. 두 역의 표기를 통해 'ㄹ'을 로마자로 표기하는 두 가지 방법을 살펴보겠습니다. '회룡'의 'ㄹ'은 모음 앞에 위치하는 것으로 'r'로 표기됨을 확인할 수 있으며, '망월사'의 'ㄹ'은 자음 앞에 위치하는 것으로 'l'로 표기됨을 확인할 수 있습니다. 앞의 'ㄱ, ㄷ, ㅂ'의 사례처럼 'ㄹ'도 자음 앞과 단어 끝에서의 표기가 같으므로 단어 끝에 위치하는 'ㄹ'에 대한 예시는 제시하지 않도록 하겠습니다.

다만 이러한 규칙을 따르면 'ㄹ' 두 개가 이어질 때, 이를 'lr'로 표기해야 합니다. 하지만 이러한 표기는 자연스럽지 않고, 발음의 혼란을 유발하기 때문에 'll'로 표기하도록 규정하고 있습니다. 그 예시로는 'Ulleung(울릉)'이 있습니다. 위와 같은 예외 규정이 없었다면, '울릉'은 'Ulreung'으로 표기되어야 했을 것입니다. 'ㄹ'의 위치에 따른 로마자 표기를 표로 정리하면 다음과 같습니다.

유음	모음 앞	자음 앞, 단어 끝	ㄹㄹ 연속
ㄹ	r	l	ll

아래 사진은 홍대입구역의 안내 표지판 중 하나입니다.

다음 4개의 빈칸에 알맞은 로마자 표기를 작성해 주세요.

대곡 : [   ]

문산 : [   ]

용산 : [   ]

용문 : [   ]

음운 변화의 로마자 표기 적용 1 : 자음 동화

음운 변동이 일어나는 단어의 예로 '중앙로'가 있습니다. 보통 도로명의 경우 중앙로를 'Jungang-ro'로 표기하겠지만, '중앙로'라는 단어는 그 자체로 한 지역을 뜻하는 고유명사와 같은 역할을 하기에 이를 'Jungangno'로 표기합니다.

그렇지만 이러한 부분을 생각해도 이상한 부분이 느껴지지 않나요? 앞의 표기에서는 '로'가 'ro'로 표기되었지만, 뒤의 표기에서는 '로'가 'no'로 표기되었습니다. 이는 '중앙로'에서 자음 동화 현상(ㅇ+ㄹ→ㅇ+ㄴ)이 일어나기 때문입니다. 즉 'Jungangno'는 [중앙노]라는 발음에 대한 로마자 표기입니다.

음운 변화의 로마자 표기 적용 2 : ㄴ, ㄹ이 덧나는 경우

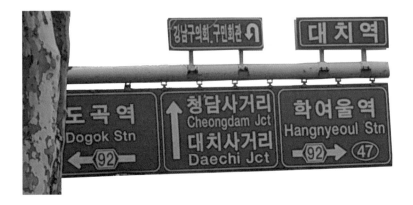

　표지판의 많은 로마자 표기 중 우리가 눈여겨보아야 할 것은 '학여울역'입니다. 우리는 일상생활에서 흔히 '학여울'을 [하겨울]로 발음하고는 합니다. 하지만 '학여울'의 올바른 발음은 바로 [항녀울]입니다. 발음 과정에서 ㄴ이 덧나기 때문입니다. 이러한 ㄴ, ㄹ이 덧나는 현상도 로마자 표기에 영향을 미칩니다. '학여울'의 국어 표기, 그리고 우리가 예상한 발음을 기준으로 로마자 표기를 하면 'Hagyeoul'이 되지만, 실제 발음대로 로마자 표기를 하면 표지판의 로마자 표기와 같이 'Hangnyeoul'이 됩니다. 이를 통해 ㄴ, ㄹ이 덧나는 현상이 로마자 표기에 영향을 미침을 확인할 수 있습니다.

음운 변화의 로마자 표기 적용 3 : 거센소리되기

거센소리되기 또한 로마자 표기에 영향을 미칩니다. 예시로는 '놓다[노타] - nota', '낳지[나치] - nachi'가 있습니다.

이번 예시는 민의의 전당 '국회'입니다. 보통 표지판 같은 경우, '국회'와 같이 고유명사가 아닌 명사의 경우 뜻이 같은 영어 단어를 로마자 표기 대신 표기하지만, 도로명은 예외입니다. 이 '국회'라는 단어의 로마자 표기를 분석하겠습니다.

국회의 발음은 [구쾨]입니다. 하지만 위의 로마자 표기법은 이 발음의 표기법과 맞지 않습니다. 이 경우와 같이 '체언'에서 'ㄱ, ㄷ, ㅂ' 뒤에 'ㅎ'이 따라오는 경우, ㅎ도 로마자 표기에 포함하여야 합니다.

음운 변화의 로마자 표기 적용 4 : 구개음화

　구개음화도 로마자 표기에 영향을 미칩니다. 하지만 일상생활에서 구개음화가 일어나는 단어를 로마자로 표기해야 할 일은 거의 없으므로, 예시 단어만 살펴보고 넘어가도록 하겠습니다. 구개음화가 로마자 표기에 영향을 주는 예시로는 '해돋이[해도지] - haedoji', '같이[가치] - gachi'가 있습니다.

음운 변화의 로마자 표기 적용 5 : 된소리되기

'죽전'의 발음은 [죽쩐]으로 된소리되기가 일어나고, 이러한 음운 변동을 고려해 로마자 표기를 만들면 'Jukjjeon'이 됩니다. 하지만 로마자 표기에 된소리되기를 반영하지 않는다는 규정에 따라 표기법에 맞게 표기하면 'Jukjeon'입니다.

이상의 예시들을 통해 로마자 표기에 영향을 미치는 음운 변화를 표로 나타내도록 하겠습니다.

자음 동화	ㄴ, ㄹ이 덧나는 경우	구개음화	거센소리되기	된소리되기
○	○	○	○	×

1 '상록수역'의 역명은 심훈의 소설 『상록수』에서 따온 것입니다. 이 역은 소설의 배경이 된 지역 근처에 있고, 이 지역에는 소설 주인공의 실제 본보기였던 인물의 묘가 그대로 보존되어 있습니다. 또한 안산시가 분구될 때 소설 『상록수』를 따라 지역의 명칭도 '상록구'로 정해졌습니다. 앞에서 살펴본 음운 변동 시의 로마자 표기 방식을 이용하여 '상록수'의 로마자 표기를 작성해 주세요.

[   ]

2 반월당역은 대구 도시철도 최초의 환승역입니다. 3호선까지 개통된 현재 상황에서도 유일한 지하 환승역이라는 위치를 차지하고 있습니다. 앞에서 살펴본 음운 변동 시의 로마자 표기 방식 이용하여 '반월당'의 로마자 표기를 작성해 주세요.

[   ]

인명의 로마자 표기

인명의 로마자 표  기에 대해 알아보겠 습니다. 다음 사진에 서는 '이원재'라는 이름을 'LEE WON JAE'로 표기하고 있습니다. 이 예시의 경우 상표이기에 국어의 로마자 표기법의 원칙을 꼭 따를 필요는 없지만, 인명에서의 로마자 표기를 적용해 사진의 로마자 표 기를 고치면 'Lee Wonjae'가 됩니다. 인명에서의 로마자 표기 원칙 은 성과 이름을 띄어 쓰고, 이름은 붙여 쓰는 것입니다. 다만 발음 을 어떻게 해야 할지 혼란을 유발할 수 있으므로 이름의 음절 사이 에 붙임표(-)를 쓰는 것을 허용합니다. 즉 '이원재'라는 이름은 [Lee Won-jae]로도 표기할 수 있습니다.

하지만 '이원재'라는 이름을 일반적인 명사의 로마자 표기대로 표기하면 'Iwonjae'가 되어야 하는데 성에 해당하는 이가 'Lee'로 표기되는 것에 의문이 생깁니다. 이는 성씨에 관해 규정된 표기법이 없어 다양한 표기가 가능하기 때문입니다.

한편 이름에서 일어나는 음운 변동은 로마자 표기에 반영하지 않습니다. 이에 대한 문화체육관광부 고시 「국어의 로마자 표기법」 에서의 예시를 보면 다음과 같습니다.

한복남 : Han Boknam (Han Bok-nam)
홍빛나 : Hong Bitna (Hong Bit-na)

1 문화체육관광부 고시 「국어의 로마자 표기법」에서의 인명의 로마자 표기 예시는 다음과 같습니다. 인명의 로마자 표기 방식을 토대로 다음 예시들의 로마자 표기를 작성해 주세요.

민용하 [　　　　　　　　（　　　　　　　　　　）]
송나리 [　　　　　　　　（　　　　　　　　　　）]

2 '김유정역'은 『동백꽃』, 『봄봄』 등의 작품을 쓴 소설가 김유정을 기리기 위한 역명으로, 대한민국 최초로 철도 역명이 인명으로 지정된 사례라고 합니다. 이러한 김유정역의 로마자 표기는 'Gimyujeong Station'인데, 이는 '김유정'이라는 명사를 국어 표기 그대로 로마자로 표기한 것입니다. 이제 여러분은 '김유정'이라는 명사를 인명으로 보고 로마자 표기를 만들어 주세요.

김유정 [　　　　　　　　（　　　　　　　　）]

3 경기도 수원시에는 '박지성삼거리'가 있습니다. 이 지명의 어원이 된, 맨체스터 유나이티드 등에서 활약하며 국민 스포츠 영웅이 되었던 축구선수 '박지성'의 이름을 로마자로 표기해 주세요.

박지성 [(   )]

지명의 로마자 표기

고유명사 '왕십리'의 로마자 표기는 'wangsimni'입니다. '왕십리'에는 자음 동화 현상(ㅂ+ㄹ→ㅁ+ㄴ)이 일어나, [왕심니]라고 발음됩니다. 국어 표기대로 '왕십리'의 로마자 표기를 만들면 'wangsipri'로 표기해야 하지만, 발음대로 만들었기 때문에 'wangsimni'로 표기되는 것입니다.

그렇다면 지명 '왕십리'의 로마자 표기는 어떨까요? 지명의 로마자 표기는 '도, 시, 군, 구, 읍, 면, 리, 동'과 '가'의 행정 구역 단위를 붙임표(-)로 구분하도록 하고 있습니다. 또한 붙임표(-) 앞뒤에서 일어나는 음운 변화는 로마자 표기에 반영하지 않도록 하고 있습니다. 이 원칙에 따라 지명 왕십리를 표기하면 [wangsip-ri]가 됩니다.

'수지구'에서 '구'가 행정 구역 단위이기 때문에 '수지'와 '구'를 붙임표(-)로 구분하여 표기합니다.

'개포동'에서 '동'이 행정 구역 단위이기 때문에 '개포'와 '동'을 붙임표(-)로 구분하여 표기합니다.

도로명의 로마자 표기

　'도곡로'를 고유명사로 생각하여 로마자 표기를 만들면 '도곡로'에 일어나는 자음 동화를 반영해야 합니다. '도곡로'의 발음인 [도공노]를 로마자로 표기하면 'Dogongno'가 됩니다. 하지만 도로명의 로마자 표기도 지명의 로마자 표기와 마찬가지로 도로 단위인 '대로, 로, 길'을 붙임표(-)로 구분하도록 하고 있고, 붙임표(-) 앞뒤에서 일어나는 음운 변화를 반영하지 않도록 하고 있습니다. 이러한 원칙을 반영하여 도로명 '도곡로'의 로마자 표기를 만들면 'Dogok-ro'가 됩니다.

'동백역'은 경기도 용인시 기흥구 동백죽전대로에 있습니다.

제시하는 지명에 해당하는 로마자 표기를 작성해 주세요.

경기도 [   ]

용인시 [   ]

기흥구 [   ]

동백죽전대로 [   ]

이 책에는 독자의 이해를 돕기 위해 '문제'들이 포함되어 있습니다. 여기서는
그 문제들의 답을 제시하겠습니다.

음운별 로마자 표기

음운 변화의 로마자 표기 적용 1

음운 변화의 로마자 표기 적용 2

인명의 로마자 표기

민용하 [Min Yongha (Min Yong-ha)]
송나리 [Song Nari (Song Na-ri)]

김유정 [Kim Yujeong (Kim Yu-jeong)]

박지성 [Park Jisung (Park Ji-sung)]
(성에 해당하는 '민, 송, 김, 박'의 로마자 표기는 임의로 정할 수 있습니다.)

지명, 도로명에서의 로마자 표기

경기도 [Gyeonggi-do]
용인시 [Yongin-si]
기흥구 [Giheung-gu]
동백죽전대로 [Dongbaekjukjeon-daero]

맺음말

때로는 목적지가 없고, 때로는 바로 갈 수 있는 곳을 돌아서 가기도 했지만, 그렇게 여러 곳을 다니며 많은 사진도 찍을 수 있었습니다. 그렇기에 책에 사용된 사진들은 대부분이 작가가 직접 찍은 사진들입니다. 그래서 일부 사진의 화질이 흐리거나, 각도가 좋지 않을 수도 있습니다. 하지만 저는 이러한 조금은 불완전할지도 모르는 사진들이 때로는 사람들에게 친근감을 형성시켜 줄 것이라 기대합니다. 다만 원래 이 책에 넣기 위해 준비한 사진 40장을 다 활용하지 못한 것에 아쉬움이 남습니다. 아예 문화체육관광부 고시 「국어의 로마자 표기법」에서의 순서대로 하지 않고, 각각의 사진의 로마자 표기에서의 원리를 설명하는 형식이 더 좋았을 것이라는 생각도 듭니다. 40장의 사진이 모두 활용되었다면, 독자에게 정말 한편의 국내 여행 일지를 읽는 것과 같은 느낌을 줄 수 있었을 것이 더욱 아쉬움이 남습니다.

사랑따라 맞춤법

글·그림 정지원

프로필

• 정지원

어렸을 때부터 독서를 즐겨하여 책을 통해 세상을 보는 눈을 가지게 되었다. 주로 로맨스 장르의 소설을 즐겨 읽으며, 가장 인상 깊게 읽었던 책은 영화 〈안녕 헤이즐〉의 원작 소설인 존 그린의 〈잘못은 우리 별에 있어〉이다. 한글을 창제하신 세종대왕을 매우 존경하는데, 넘치는 존경심에 평소 친구들과 메신저를 주고받을 때도 잘못된 맞춤법을 사용하는 모습이 보이면 견디지 못하는 습관이 있다. 그러한 경험을 살려 쓴 〈사랑 따라 맞춤법〉은 평소 친구나 연인과 메신저로 대화를 할 때 자신이 없는 사람들에게 구원의 손길이 되어줄 것이다.

서문

　카카오톡에서는 하루 평균 100억 건의 메시지가 오간다고 한다. 이렇게 많은 메시지들 중에서 과연 맞춤법을 완벽히 맞추어 보내는 메시지는 얼마나 될까. 만약 당신이 직장생활을 하면서 문서작업을 할 때 맞춤법을 틀리게 작성하거나 상사와의 카카오톡에서 잘못된 맞춤법을 사용했다면 어떻게 될까. 지금까지 자신이 맞춤법을 어떻게 사용해 왔는지 되돌아보고 많이 부족했다면 이 책을 통해서 일상생활에서 자주 쓰이는 맞춤법만이라도 제대로 익혀서 타인에게 부끄러운 경우를 만들지 않도록 하자. 아래 대화 내용을 보라! 얼마나 눈살이 찌푸려지는가!

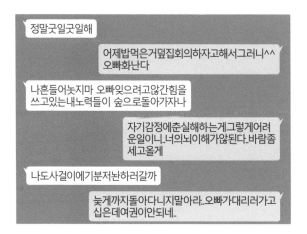

목차

01. 만남

불타는 금요일 밤, 서울의 한 포장마차에 두 청년이 서로의 신세를 한탄하고 있다.

"야, 정윤기. 너 요즘 외롭다며?"

"그래. 요즘 외로워 죽겠다. 이제 나이도 서른 다 돼가고 직장도 구했는데 왜 나는 내 운명의 상대를 못 만나는 거냐."

"으이그, 이 형님이 아는 여자 한 명 소개해 줄까?"

"당연하죠, 형님."

"근데 말이야……, 그 여자 성격이 좀 까다로워."

"어떤 점에서?"

"음……, 그게 그 친구가 고등학교 국어 선생님이어서 맞춤법 틀리는 사람들을 혐오해."

"아……, 맞춤법? 뭐 별거 없잖아. 일단 만나볼게. 얼른 번호나 줘."

"그래. 잘되면 나중에 밥 사라."

"당연하지. 사랑한다, 남준아."

남준에게 전화번호를 받아 카톡 프로필 사진을 본 윤기.

"오오 대박. 고유리 씨 맞지? 와, 완전 내 이상형이잖아. 게다가 선생님이시기까지, 그냥 완벽하신 분이네. 이런 분이 너랑 왜 친구 해 주시냐?"

"너 소개받고 싶지 않구나?"

"아니지, 정말 고마워. 넌 내 하나뿐인 친구야!"

뜨거운 그들의 밤은 그칠 줄 몰랐고, 늦은 새벽이 되어서 집으로 돌아온 윤기.

'헤헤, 유리 씨 예쁘시네……'

다음날이 되어 윤기는 정신을 차리고 남준에게 연락한다.

"야, 남준! 유리 씨랑 언제 만나면 되는 거냐?"

"내가 다음 주 수요일쯤에 약속 잡을게. 그전에 맞춤법 공부나 좀 해라. 네가 생각하는 그 이상일거다. 카톡 한마디에 바로 차단당할 수도 있어."

"거참, 오남준 별걱정을 다하네, 나 수능국어 만점이야."

"국어실력이 좋은 거랑 네가 일상생활에서 맞춤법 안 틀리는 거랑은 완전 다른 문제거든."

"그런가? 일단 알겠어. 고맙다, 내 친구야."

윤기는 '뭐 맞춤법 별거 있나. 그냥 대충 쓰면 다 맞는 거지 뭐!' 라고 생각하며 맞춤법을 의식하지 않은 채 마냥 유리의 연락을 기다린다.

그 다음 주 화요일. 윤기는 유리의 카카오톡 연락을 받게 된다.

안녕하세요! 남준이 친구 윤기씨 맞으시죠?

네 맞아요! 안녕하세요 유리씨ㅎㅎ

아~네ㅎ

유리씨 내일 드시고 싶은거 있으세요?

저는 뭐 다 좋아해서요. 윤기씨는요?

그러면 파스타 괜찮으세요?

파스타 좋죠! 맛있는 집 아시는 데 있으세요?

제가 또 맛집은 잘 알아서요ㅎㅎ 압구정에 맛있는 집 있거든요 거기로 예약해 놓을게요

와 대박이시다! 저도 그 가게 말로만 듣고 가보고 싶었는데 윤기씨 짱이네요ㅜㅠ

ㅎㅎ내일 유리 씨는 시간 언제돼세요?

네?

시간 언제 돼시냐고요ㅎㅎ

저기 오타 조심해주세요. 제가 이런 거 되게 불편해하거든요.

네? 어디 오타가...

윤기 씨, 돼세요가 아니라 되세요고요. 돼시냐가 아니고 되시냐예요.

아...아ㅋㅋ 당연히 오타지요

윤기씨. '돼'는 어간+어미 구조로 이루어진 '되어'를 줄인 형태예요, 하지만 '되'는 어간 홀로 쓰인 형태라서 어미가 필요해요. 설명을 추가하자면 '돼'는 '되' 뒤에 붙은 어미 형태들 중 하나인 '되어'를 줄인 형태일 뿐이라는 거죠. 말에다 '되어'를 넣었을 때 말이 성립하면 '돼'가 들어갈 자리라는 거예요.

아...네... 국어 선생님 답네요...ㅎ

앞으로 다시는 이런 사소한 맞춤법 틀리지 말아 주세요.

알겠어요 유리 씨.

저는 수요일에 다섯시쯤 시간돼요. 윤기씨는요?

저는 아무 때나 괜찮아요. 그럼 두시에 예약해 놓을게요!

좋아요ㅎㅎ 그럼 수요일에 봐요!

네 유리 씨^^

유리와의 카톡을 끝낸 윤기는 깊은 고뇌에 빠진다.

'하……, 보통 여자가 아니잖아? 이거 정말 맞춤법 공부를 해야하는 건가. 아니지, 수능국어 만점 자존심이 있지. 이번에는 그냥 헷갈렸을 뿐이야.'

다음날 윤기는 한껏 차려입고 파스타 집으로 향한다.

"어! 유리 씨 먼저 와계셨네요."

"학교가 이 근처라서 금방 왔어요."

"그러시구나, 뭐 드실래요?"

"저는 봉골레 파스타 시킬게요."

"네. 여기 주문이요!"

윤기는 봉골레 파스타와 알리오올리오 파스타를 주문한다.

"남준이한테 얘기 많이 들었어요. 학교 선생님이시라고……."

"네, 맞아요. 고등학교 국어 선생님이에요."

"우와~ 멋지시네요."

"아니에요. 윤기 씨는 어떤 일 하세요?"

"저는 IT계열 회사 다니고 있어요."

"그렇구나. 좋은 직업이네요."

이렇게 그들은 대화를 나누면서 서로 가까워졌고 서로에게 호감을 느끼게 되었다. 그리고 집으로 돌아간 둘은 계속해서 카카오톡으로 대화를 하게 된다.

> 유리씨, 오늘 저녁 같이 먹어서 정말 좋았어요.

> 저도요, 윤기씨. 오늘 같이 얘기해보니 정말 좋으신 분 같아요.

> 정말요? 유리씨도 좋은 분 같아요.

> 고마워요~ㅎㅎ

> 다음에 저희 같이 영화 보러 가요.

> 좋아요. 저 영화 보는 거 정말 좋아하거든요. 윤기씨는 어떤 영화 좋아해요?

> 저는 왠만한 영화는 다 좋아해요.ㅎㅎ

> 네?

> 장르 상관없이 다 좋아한다구요.ㅎㅎ

> 아니 왠만한 이라는 말이 지금 맞다고 생각하세요?

> 음 그럼 앵간한,,,?

> 윤기씨 '웬'은 '어찌 된'이라는 뜻을 가진, 명사를 꾸며주는 관형사예요. 따라서, '웬' 뒤에는 언제나 명사가 와요. 반면에 '왠지'는 왜인지의 줄임말로 오직 '왠지'라는 단어를 쓸 때만 '왠'을 써주는 거죠. 즉 '웬'은 '그렇게 좋았는지'의 '좋았는' 같은 거죠. '왠' 뒤에는 명사가 나올 필요가 없어요. 또, '왠지'의 '~지'는 명사가 아니라서 앞에 '웬'을 쓸 수도 없는거라고요.

아...죄송해요 유리씨. 앞으로는 신경 쓰도록 할게요ㅜㅠ

알겠어요. 윤기씨

영화는 볼거죠?

ㅎㅎ당연하죠~

이렇게 윤기는 자신이 맞춤법이 부족하다는 것을 느끼고 유리와 카톡으로 대화할 때 모르거나 헷갈리는 단어는 아예 사용하지 않았고, 덕분에 둘은 좋은 관계를 이어나갈 수 있었다. 그렇게 시간이 흘러 둘은 매우 친밀해졌고 연인이라고 해도 믿을 정도로 다정했다. 이에 윤기는 자신의 진심을 전할 날만을 손꼽아 기다렸다. 그리고 찾아온 크리스마스, 윤기는 그녀에게 카톡으로 고백하기로 한다.

유리씨, 저녁 먹었어요?

네! 가족들이랑 같이 좋은 시간 보냈어요. 윤기씨는요?

저도 가족들이랑 같이 먹었어요. 유리 씨랑 같이 못 보낸 게 아쉽네요 ㅎㅎ

그러게요ㅜㅜ 우리 언제 또 만나죠?

저기, 유리씨 저 할 말 있어요.

뭔데요?

제가 정말 많이 생각해봤는데, 저는 아무래도 유리 씨가 너무 좋은 것 같아요. 같이 있으면 행복하고 설레고 그래요. 많이 당황스러울 수도 있겠지만, 유리 씨 저희 사귈래요?

윤기씨, 저도 윤기씨랑 있으면 정말 행복하고 윤기씨가 좋아요. 우리 사귀어요.

정말요? 정말이에요?

그럼요~

제가 갑자기 서슴치 않고 유리씨한테 말해서 많이 놀랐을 텐데. 고마워요.

윤기씨...? 지금 많이 놀랐어요. 정말 실망이에요.

네? 갑자기 왜요...?

'서슴다'의 어간 '서슴-'에 '-지'가 붙어서 '서슴지'라고 쓰는 게 맞는 거예요. '서슴치'는 아니에요.

아... 진짜 죄송해요 유리씨. 이제 잔짜 공부 좀 해야겠어요.

그래요. 윤기씨 더 이상 저 실망시키지 마요.

알겠어요.

우리 이제 반말해요! ㅎㅎ

그래 유리야!

반말하니까 편하네.

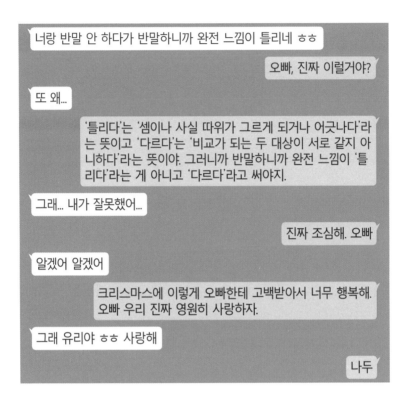

이렇게 우여곡절 끝에 유리와 윤기는 사귀게 되었고 알콩달콩한 나날들을 보내게 되었다.

02. 사랑

그렇게 그들은 행복한 나날들은 계속 이어졌다.

> 유리유리 우리 내일 영화 뭐 볼래?

> 음 어벤져서 보자.

> 그래그래 나도 그거 너랑 같이 볼라고 안보고 있었지.

> 오오 오빠 짱이야.

> 난 항상 네가 행복하길 바래 그게 내 목표야.

> 오빠.... 감동이긴 한데 바래는 뭘 바래야.

> 왜... 설마 또 틀린거야?

> '한글 맞춤법' 제4장 제5절 준말, 제34항 모음 'ㅏ, ㅓ'로 끝난 어간에 '-아/-어. -았-/-었-'이 어울릴 적에는 준 대로 적는다를 따라서 동사 바라의 어간 '바라-' 뒤에 어미 '-아'가 붙으면 바라와 같이 준 대로 적는 거라고.

> 하 그렇구나.

> 이제 진짜 나한테 배운 것만 잘 써먹어도 웬만한 맞춤법 다 맞춰서 쓸 수 있겠다.

> 그럴 거 같다... 그래도 너한테 배우면 그때는 다 알겠고 그런데 조금만 지나면 금새 까먹어ㅜㅠ

> 오삐 오늘 무슨 날이야? 금세 끼먹었냐고 금세!!

> 그럼 금새 까먹지 언제 까먹어...

> '지금 바로'의 뜻으로 쓰이느 부사 '금세'는 '금시에'가 줄어든 말이야. 그러니까 금세로 써야지!

> 그렇네... 오늘 컨디션이 나쁜가 봐 자꾸 틀리네ㅜㅠ

컨디션이랑 무슨 상관이야. 오빠 진짜 이런 식으로 계속 공부 안하기만 해봐.

알았다고 나도 잘하고 싶은데 완돼는 거야

또!!! 저번에 말했지 안 돼는 거야가 아니고 안 되는 거야라고.

아 진짜 미안 또 까먹었네...

으이고 몰라. 하여튼 내일 어벤져스 내가 예약할게.

치 고마워 내일 봐

그래, 잘 자.

너도

그들은 즐거운 데이트를 마치고 집으로 돌아와 카톡으로 대화를 이어갔다.

오빠 오늘 데이터 너무 좋았어.

그러게 몇일 만에 데이트야ㅜㅠ

몇일만은 아닌거 같은데

왜 우리 일주일 전에 봤잖아ㅜㅠ

아니 몇일만이 아니라 며칠만이라고 이 사람아

뭐?

'표준 발음법' 제4장 제15항 '한글 맞춤법' 제4장 제4절 제27항에 따르면 받침 뒤에 모음으로 시작하는 실질 형태소가 연결되는 경우에는 그 받침이 대표음으로 바뀌어서 뒤 음절 첫소리로 옮겨 발음된다고 '며뒬'로 발음되는 이 말은 '몇월-몃월-며뒬'의 과정을 거쳐 '며뒬'로 발음되고, 이것으로써 이 말의 형태가 '몇'뒤에 실질형태소 '월'이 연결된 '몇 월'이라는 것을 헤아릴 수 있어. 그러나 '몇일-몃일-며딜'의 과정을 거쳐 '며딜'로 발음되지 않고, '며칠'로 발음되는 이 말의 형태에 대해서는 '몇'뒤에 실질형태소 '일'이 연결된 형태로 볼 수 없어. 그래서 어원이 분명하지 않은 것은 원형을 밝혀 적지 아니한다는 규정에 따라 그 발음대로 '며칠'로 표기해.

유리야 알겠어 이렇게까지 설명할 필요는 없잖아

그럼 오빠가 맞춰서 쓰든가.

그 맞춤법 틀리는 게 그렇게 화날 일이니?

어 엄청 화나.

어의없다. 굿이 그런 걸 하나하나 다 짚어야 하는 거냐고

오빠 미쳤어? 어이는 어처구니랑 같은 말이나까 어의없다가 아니라 어이없다로 써야 하고 굿이라는 말은 우리나라 말에 존재하지도 않는 말이야 굳이로 써야 하는 거라고

야 고유리! 너 적당히 해 내가 맨날 웃으면서 고치겠다 하니까 아주 틀릴 때 마다 신나서 지적하지? 내가 그 소리 들을 때마다 얼마나 자존심 상하고 속상한 줄 알아?

그럼 왜 틀리게 쓰냐고. 나도 오빠가 그렇게 맞춤법 쓸 때 마다 어디 나가서 그런 말 막 쓰다가 오빠 무식한 사람으로 보일까봐 걱정돼서 이러는 거라고.

너가 맨날 나를 이렇게 닥달하니까 더 자신감이 없어지는 거야

오빠... 닥달이 아니라 닦달...

알겠어 알겠다고! 제발 더 이상 건들이지마

건들이지가 아니라 건드리지인데...

너랑 말 안 한다 고유리

아니랴 오빠 미안해... 내가 워낙 이런 거에 민감해서 그래. 오빠가 조금만 이해해주면 안 될까? 맞춤법 잘 쓴다고 안좋은 것도 아닌데 왜 그래ㅜㅜ

하긴 그렇긴 하지... 몰라 나 지금 기분 엄청 안 좋으니까 나 좀 내버려 둬

알겠어. 오빠~ 잘 자.

응

둘은 그렇게 어색해지게 되었다. 윤기는 한편으로는 속상하고 유리가 미웠지만 유리가 했던 말이 마음에 걸렸다. 자신이 맞춤법으로 인해 지금까지 사람들에게 속으로 무시당했던 사례가 많았을 것이라고 생각되기도 하였기 때문이다.

윤기는 다시 관계를 회복하기 위해 유리에게 다시 카톡을 하였다.

유리야 잘 지냈어? 내가 저번에 화 많이 내서 미안해, 순간 너무 열이 받아서 그랬나 봐. 너가 예민한 부분도 있는데 내가 앞으로는 맞춤법 지켜보려고 노력할게

아니야, 오빠 나도 너무 예민하게 해서 미안해. 앞으로는 맞춤법 불편하면 내가 친절하게 알려줄게!

그래 그거 좋다 맞춤법 알아서 나쁠 건 없지 좋다 좋다

그래 그래.

우리 내일 어디 갈래? 기분전환도 할 겸 놀이동산 갈래?

놀이동산 너무 좋지~

그래ㅎㅎ

롯데월드 갈까 에버랜드 갈까?

음 에버랜드가 아무래도 넓직하니 좋지

오빠, 겹받침의 끝소리가 발음되면 원형을 밝혀서 표기하고 겹받침의 끝소리가 발음되지 않으면 발음되지 표기하는 거야. 그러니까 '넓직'하니가 아니라 널찍하니라고 써야지.

아 그렇구나 좋은 지식 또 얻었네 ㅎㅎ

그런 태도 좋네. 오빠 짱이다. ㅎㅎ

그래그래 그리고 내일 모래 에버랜드에서 전국에 내노라하는 가수들 모여서 콘서트도 연데

이번에는 좀 많이 고쳐야겠네. ㅎㅎ

그래 또 어디 한번 알려줘봐

일단, '내로라하다'는 어원적으로 대명사 '나'에 서술격조사 '이-', 주어가 화자와 일치할 때 쓰는 선어말 어미 '-오-'(흔히 의도법 선어말이나 1인칭 선어말 이라고 부르기도 해), 평서형 종결어미 '-다'가 차례로 결합된 형식이야. 좀 더 자세히 설명하려면 중세국어 개념까지 섞어야 해서 그냥 이 이상은 생략할게. 그리고 내가 본 사실을 상대방에게 전달할 때는 '데'를 쓰고, 내가 보고 겪지 않았고, 전해 들었던 사실을 다른 이에게 전할 때 '대'를 쓰는 거야. 그러니까 '콘서트도 연대'가 되어야 맞는 거지.

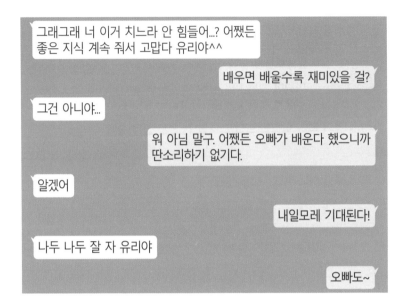

그래그래 너 이거 치느라 안 힘들어...? 어쨌든 좋은 지식 계속 줘서 고맙다 유리야^^

배우면 배울수록 재미있을 걸?

그건 아니야...

워 아님 말구. 어쨌든 오빠가 배운다 했으니까 딴소리하기 없기다.

알겠어

내일모레 기대된다!

나두 나두 잘 자 유리야

오빠도~

그렇게 그들은 즐거운 놀이동산 데이트를 마치고 돌아왔다.

윤기는 그 후로도 맞춤법을 고쳐 보려는 노력을 거듭했지만 이미 습관이 들어 버린 탓에 쉽게 고쳐지지 않았고 거의 매일 유리의 가르침을 받아야 했다. 유리는 가르쳐 주는 게 뿌듯했지만 그게 너무 반복되고 그 정도가 너무 심하여 시간이 지날수록 짜증이 쌓여 스트레스가 되었다.

유리야 오빠 친구 중에 뮤지컬 배우가 있는데 이번에 '노트르담 드 파리'에서 '그랭그와르' 역활을 맡았대 같이 보러 갈래?

보러 가는 건 좋지 그런데 역활이 아니라 역할이겠지.

그래... 유리야 틀린 건 알겠는데, 이젠 나도 너무 힘들다, 언제까지 이거 계속할거니?

오빠가 고쳐달라고 했잖아.

그렇긴 해도 정도가 있어야지 내가 아무리 곰곰히 생각해봐도 틀리는 게 한 둘이 아닌데 그런 건 그냥 모르는 척 넘어가 주면 안 되겠니?

안돼. 지금도 부사에 붙는 접미사에서 '곰곰+이' 가 돼서 곰곰히가 아니라 곰곰이가 맞는 거야.

그래 내가 괜찮다고 했으니까 그냥 참을게

다 오빠를 위해서 하는 거야 이해해.

그래...

03. 이별

그들은 다정한 나날들을 보냈지만 유리가 윤기에게 맞춤법을 지적할 때면 그들의 관계는 줄곧 틀어지고는 하였다. 그게 시간이 지나면서 반복될수록 정도가 심해졌고 그들은 자주 싸우게 되어 점점 사이가 멀어져 갔다.

> 유리야 나 할 말 있는데 언제 시간 돼?

> 무슨 할 말인데 그냥 카톡으로 하자.

> 그래 내가 요즘 너무 힘들어서 홧병이 날 것 같아

> 오빠 홧병이 아니라 화병.

> 그래 이런 것 때문이야 정말 이제는 너무 실증이 났어

> 실증이 아니라 싫증이야. 나도 오빠가 이런 식으로 계속 고치지 않고 반성하는 태도도 보이지 않는 게 정말 싫증이 났어. 초딩도 아니고 무슨 맨날 맞춤법을 틀리고 앉아있어.

> 뭐? 이게 어따대고 지금 오빠한테

> 윤기 씨 어따대고가 아니라 얻다 대고가 맞는 거예요. '얻다'는 '어디에다'가 줄어든 말이니까 그렇죠.

> 그래 끝까지 해봐 내가 너랑 연예하면서 도데체 몇 번 이런 지적을 당했는지 세아릴 수가 없겠다

> 연예가 아니라 연애고, 도데체가 아니라 도대체예요.

> 내가 빈털털이인데도 저번에 너 엄청 핼쑥해져서 같이 김치찌게 먹으로 갔을 때 진지하게 얘기했었잖아 이러는 거 정말 힘들고 너가 그런 말 할 때마다 내 마음은 낭떨어지에거 떨어지는 것 같다고 나는 조금이라도 바꼈어 그런데 너는 왜 하나도 바뀌지 않고 나에게 댓가만 바라는 거야 어?

이러니까 그렇죠. 빈털털이가 아니라 빈털터리고, 핼쑥해진게 아니라 핼쑥해진 거고, 김치찌게가 아니라 김치찌개고, 낭떨어지가 아니라 낭떠러지고, 바꼈어가 아니라 바뀌었어가 맞고, 댓가가 아니라 대가가 맞는 거예요. 댓가는 존재하지 않는 단어라고요.

그래 끝까지 이런 식이구나 고유리 우리 헤어지자

그래요. 정윤기씨, 잘 지내세요.

맞춤법 아주 잘 맞추는 사람 만나서 평생 편하게 살기를 바래

이거 우리가 옛날에 행복했을 때 배운 거잖아요. 끝까지 당신은 나를 실망시키는군요. 바래가 아니라 바라예요.

그만해 너가 이러니까 이제 너를 깨끗히 잊을 수 있겠다.

그래요. 나도요. 마지막으로 한마디만 더 할게요.

뭔데?

'깨끗히'가 아니라 '깨끗이'예요.

그렇게 그들은 길었던 연애를 끝내게 되었다. 각자는 다시 자신의 본업으로 돌아가 각자의 위치에서 살아가게 되었다.

윤기는 다시 평범한 회사원으로 돌아가 열심히 일을 하며 살았고 유리는 더 깐깐해진 국어 선생님이 되어 고등학교 국어를 가르치며 살게 되었다. 윤기는 헤어진 후 일말의 후회와 뉘우침도 없이 유리를 잊고 살았다.

04. 후회

그러던 어느 날 윤기는 회사의 부장님과 첫 카톡을 하게 되었다.

> 아이고! 정대리 요즘 고생이 많네.

> 아닙니다. 부장님~부장님 덕분에 회사 생활이 정말 편합니다!

> 하하 그런가? 그럼 이번 주말에 같이 등산 가지 않을래?

> 아아 등산 좋죠~ 오랫만에 산타려니 힘이 솟는데요?

> 뭐 지금 자네 뭐라고 한 건가?

> 아 부장님과 함께 동산하고 싶다 이 말이죠~

> 아니 당신 지금 오랫만에 라고 하지 않았나

> 네 오랫만에 등산하는 거 맞습니다.

> 오랫만에가 아니라 오랜만에다 '오래간만'의 준말로 쓰이는 '오랜만'이기 때문에 조사 '게'가 붙을 경우 '오랫만에'가 아닌 '오랜만에'와 같이 적는 거지~

> 아 예... 조송합니다. 앞으로는 맞춤법 잘 지켜서 부장님 눈쌀 찌푸려지지 않도록 하겠습니다.

> 이미 찌푸려졌네. 눈쌀이 아니라 눈살이야. 당신 고등 학교는 제대로 나온 거 맞나? 어떻게 이런 기본적인 맞춤법도 몰라?

> 죄송합니다 정말 죄송합니다 부장님

> 등산은 없던 걸로 하세. 맞춤법 잘 지키는 박 대리랑 같이 가려니까.

그렇게 윤기는 회사에서 부장님에게 찍히게 되었고 힘든 회사생활을 이어나가고 있었다. 그러던 중 윤기에게도 후배가 들어오게 되었다. 둘은 첫눈에 눈이 맞아 좋은 관계를 유지하게 되었다.

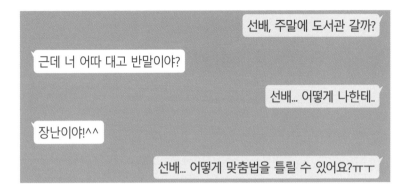

이렇게 호감이 있던 후배에게도 무시당해 회사에서 찬밥 신세가 된 윤기. 문득 윤기는 자신이 왜 이렇게 맞춤법을 모르는지 반성하게 되었고, 전 여자 친구였던 유리가 했던 말을 떠올리게 되었다.

"나도 오빠가 그렇게 맞춤법 쓸 때마다 어디 나가서 그런 말 막 쓰다가 오빠 무식한 사람으로 보일까 봐 걱정돼서 이러는 거라고."

'그래 유리 말이 다 맞는 거였어. 나는 바보야. 유리보다 나를 더 생각해 주는 사람은 없었던 거야.'

윤기는 그제야 진심으로 깨닫고 유리와 헤어진 것을 후회하게 되었다. 그리고 그는 자신을 가장 아껴 주었던 유리에게 다시 돌아가기 위해 맞춤법 공부를 시작했다.

'유리야! 너에게 다시 돌아가기 위해서 나는 지금부터 맞춤법을 완벽하게 공부할 거야. 다 공부하면 그때 꼭 다시 나를 받아 줘. 그

동안 미안했고 앞으로는 절대 실망시키지 않을게. 사랑해.'

그는 이렇게 마음속으로 외치며 이를 악물고 공부하기 시작했다.

이과생이 알려 주는 카톡 속 틀린 우리말

한글 맞춤법 및
외래어 표기에 관하여

박지현 지음

프로필

• 박지현

2019학년도에 대구과학고등학교 1학년으로 대구과학고에서 생활을 시작한 여학생입니다. 2019년 3월에 대구과학고등학교 32기 학생으로 입학했으며 화학과 지구과학을 좋아하는 평범한 이과생입니다. 가장 좋아하는 책의 분야는 소설이며, 특히 추리소설을 좋아합니다. 가장 좋아하는 작가는 일본의 문호인 '히가시노 게이고' 작가입니다. 가장 재미있게 읽은 책은 '붉은 손가락'입니다. 본래 소설이나 시를 쓰는 것을 좋아합니다. 그렇지만 이런 설명문을 쓰는 것은 처음이기에 많이 긴장되기도 합니다. 초짜 작가이지만 열심히 성심성의껏 글을 썼으니 열심히 읽어 주시길 바랍니다.

서문

    중학교 3학년 때 국어를 참 잘하던 친구가 있었습니다. 사소한 맞춤법 실수도 잘 잡아내던 친구였습니다. 맞춤법을 틀려서 연락하다가 혼난 적도 많았습니다. 그 친구처럼, 일상에서 쉽게 실수하는 표현들을 고쳐 줄 수 있는 책을 써 보는 것은 어떨까 생각하여 이러한 주제로, 이러한 콘셉트로 책을 쓰게 되었습니다. 그 와중에도 과학영재고 학생인 것을 드러내고 싶어서 제목에 '이과생'이라는 단어를 기어코 넣었습니다. 중간중간 진짜 이과생이 쓴 것처럼 보이고 싶어 그래프네 화학식이네 하는 말을 넣었습니다만, 읽어 보니 그렇게 재치있는지는 잘 모르겠습니다. 웃음의 한 요소로 생각해 주시면 좋겠습니다.

    이 책은 우리가 메신저를 쓰며, 서로 연락하며 자주 실수하는 맞춤법을 다루었습니다. 저도 이 책을 쓰면서 많이 배웠습니다. 헷갈리는 띄어쓰기, 접미어, 구별하여 쓰는 말 등. 제가 가르치려 책을 썼다기보단 배우기 위해 책을 쓴 것 같기도 합니다. 아쉬운 점이 있다면 분량 때문에 맞춤법의 모든 내용을 다루지 못했다는 것입니다. 더 많은 내용을 담고 싶었습니다만, 다음을 기약해야겠습니다.

글 구성은 작가가 '대곽이'라는 친구와 카톡을 주고받으며 '대곽이'의 맞춤법 실수를 작가가 고쳐 주는 형식으로 되어 있습니다. 대곽은 저희 학교의 애칭입니다. 도무지 좋은 이름이 생각이·나지 않았습니다. 대곽이의 카톡을 보시며 '어, 저렇게 쓰면 안 되는 거였어?'하는 말이 많이 나오시리라 생각합니다. 제가 많이 틀리던 표현들이기도 하고, 다른 친구들과 연락할 때도 많이 보였던 실수들을 위주로 썼기 때문입니다. 가볍게 웃으면서 보셨으면 합니다.

긴 서문 읽어 주셔서 감사합니다. 이 책이, 조금이라도 독자 분들께 도움이 되었으면 좋겠습니다.

2020년 1월

대구과학고등학교 32기 1학년 박지현 올림

목차

1. 띄어쓰기

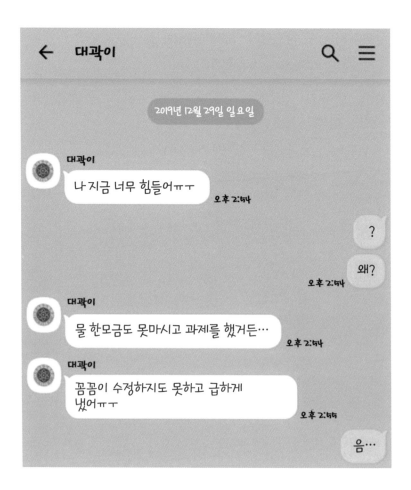

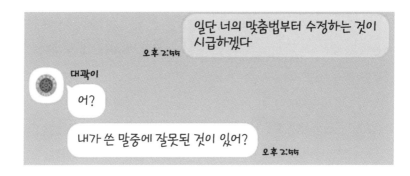

그래, 매우 많아. 상당히 많아. 그래서 내 마음이 좀 많이 불편해. 상당히 많이.

음……. 어떤 것부터 고쳐야 할까? 일단 첫 번째, 단위를 나타내는 명사는 띄어 써야 해. 네가 쓴 '한모금도'는 '한 모금도'라고 쓰는 것이 원칙이야. 왜냐하면 단위를 나타내는 말은 엄연히 하나의 단어로 인정되는 명사거든. 한글 맞춤법의 총칙을 보면 '문장의 각 단어는 띄어 씀을 원칙으로 한다.'고 적혀 있어. '모금'은 우리가 액체를 마실 때 그 양을 세는 단위지? '나무 몇 그루', '연필 몇 다스', '물 몇 모금'의 관계처럼 어떤 물체의 수를 헤아릴 때에는 그 단위를 나타내 주는 말이 필요해. CO_2와 같은 화학식에서 성분 원소들의 비를 나타내듯이 단어 뒤에 단순히 숫자만 붙여서 표시할 수는 없잖아? 나무 3, 연필 2, 이렇게 말이야. 연필 두 자루를 말하는 건지 두 다스를 말하는 건지 알 수가 없기도 하니까. 그래서 단위 명사가 필요해. 이런 단위 명사는 그 자체로 뜻을 가지고 있지? 그래서 단어로 인정되는 거야. 그렇기 때문에 개수를 나타내는 앞말과는 띄어 써야 해. 물론 예외는 있지. 원칙적으로 맞는 표기는 아니지만 혼용이 허용되는 경우는 있어. 표를 한번 보도록 하자. 말로 길게 설명하는 것보단 표를 보는 것이 한눈에 들어올 거야.

허용 경우	원칙	허용
1. 차례를 나타내는 경우	제삼 장	제삼장
	제10 조	제10조
2. 연월일, 시각을 나타내는 경우	이천십팔 년 오 월 이십 일	이천십팔년 오월 이십일
	여덟 시 오십구 분	여덟시 오십구분
3. 단위를 나타내는 명사가 아라비아 숫자 뒤에 붙는 경우	2 시간	2시간
	2 학년	2학년

▲ 단위가 들어가는 말의 띄어쓰기 예외

어때, 이제 좀 감이 잡히려나? 그렇게 어렵지는 않지? 단위를 띄어 쓰는 것에 대한 설명은 이 정도 하면 될 것 같다. 자, 너의 국어 실력이 지수함수의 그래프처럼 쭉쭉 증가하고 있는 것이 느껴지지?

그럼 이제 두 번째 문제점을 고쳐 볼까. 네가 쓴 '못마시고'라는 표현은 '못 마시고'라는 표현으로 고쳐 써야 해. '못'도 한 단어이고 '마시고'도 한 단어이기 때문이지. 한 음절로 된 단어가 연속해서 여러 번 나올 때는 의미를 고려하여 붙여 쓰는 것을 허용하고 있기는 해. '좀 더 큰 이 새 차'를 '좀더 큰 이 새차'라고 쓰는 것을 허용하듯이 말이야. 그렇지만 무작정 붙여 쓸 수는 없겠지? 이 상황에서는 '마시고'가 단음절이 아니어서 해당이 되지 않기도 하지만 알아 두는 것이 좋을 거야. 자주 쓰기도 하고 헷갈리는 표현이니까. 예시를 몇 개 더 들어볼까?

원칙	허용
내 것 네 것	내것 네것
물 한 병	물 한병
그 옛 차	그 옛차

▲ 연속하는 단음절 단어의 붙여쓰기 허용 예시

봐, 오히려 각각 띄어 쓰는 것보다 보기 편해지지 않았니? 물론 아무렇게나 붙이는 것은 아니야. 의미 단위를 잘 보고 붙여쓰기를 해야 해. '물 한병'은 '한'과 '병'이 자연스럽게 이어지기 때문에 붙여 쓰는 것이 허용되지만 '물'과 '한' 같은 경우에는 전혀 접점이 없잖아? 의미가 자연스럽게 연결되지 않지? 그래서 붙여 쓰는 것이 불가능해. '물 한병'은 가능하지만 '물한 병'은 허용되지 않는다는 거지.

자, 이제 띄어쓰기에 대한 문제는 거의 다 끝났어. 하나만 남았지. 그 한 가지는 이제 네가 찾을 수 있을 거야. 과연 무엇일까? 아, 물론 띄어쓰기 말고도 틀린 곳이 있어. 그 이야기는 다음 장에서 할 거니까 걱정하지 마.

2. 구별하여 적는 말

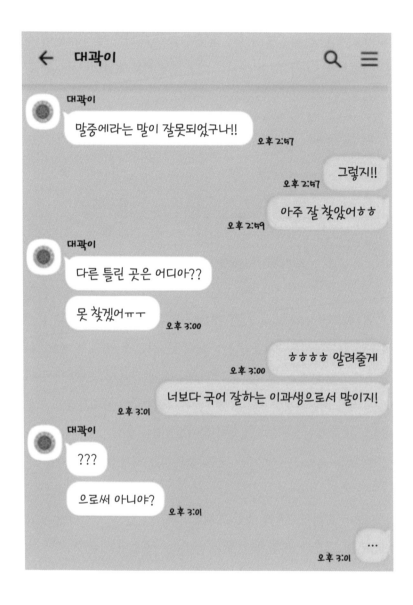

응, 아니야. 절대 아니야. 1+1=3이라고 하는 것만큼이나 틀린 말이야.

일단 내가 말했던 나머지 하나는 '꼼꼼이'라는 단어야. 한글 맞춤법에는 '부사의 끝음절이 분명히 '이'로만 나는 것은 '-이'로 적고, '히'로만 나거나 '이'나 '히'로 나는 것은 '-히'로 적는다'라고 나와 있어. 예를 드는 것이 이해가 편하겠지?

분류	예시			
'이'로만 나는 것	따뜻이	반듯이	가까이	번거로이
'히'로만 나는 것	극히	급히	엄격히	정확히
'이, 히'로 나는 것	꼼꼼히	솔직히	상당히	분명히

▲ 부사의 끝음절에 따른 표기의 차이

표를 보면 부사의 끝음절을 3가지로 분류했어. '이'로만 나는 것, '히'로만 나는 것, '이, 히'로 나는 것. 이것은 발음할 때 어떻게 소리가 나느냐에 따라 분류한 거야. '따뜻이'라는 말이 쓰일 때를 볼까? '어머니가 나를 따뜻이 안아 주셨다.', '어미 새가 새끼 새를 따뜻이 품어 주었다.'라는 문장에서 '따뜻이'의 '이'는 분명히 '이'로 발음되지? 그래서 표기할 때에도 '이'라고만 쓰는 거지. 그럼 이번에는 '엄격히'라는 말을 보자. '국어 선생님은 굉장히 엄격히 채점하신다.', '범죄자는 법으로 엄격히 다스린다.'와 같은 문장에서 '엄격히'의 '히'는 '히'로 발음되고 있는 것을 알 수 있지. 그럼 네가 쓴 '꼼꼼히'라는 단어는 어떨까? '꼼꼼히'는 때에 따라 '이'로 발음되기도, '히'로 발음되기도 해. 그렇지만 표기에서는 '히'로 쓰는 것을 원칙으로 하고 있어. 잘 모르겠다고? 괜찮아. 직관적으로 명확히 구별하기는 어려운 것이 사실이니까. 경향성을 보고 구별하는 방법도 있지만, 국어사전을 확인하는 것이 가장 좋아.

그럼 이제 너의 질문에 대답해 줄게. 솔직히 '~(으)로서'와 '~(으)로써'의 쓰임은 많이 헷갈리는 것이 사실이야. 나도 차이점을 알게 된 지 얼마 되지 않았거든. 그런데 알고 보니 정말 다른 말이더라고.

먼저 '~(으)로서'는 자격, 신분, 지위 등을 나타낼 때 쓰는 말이야. '사람으로서 차마 할 수 없는 짓이다.', '너의 친구로서 걱정돼서 그러는 거야.' 등을 예로 들 수 있겠지. 그럼 '~(으)로써'는 언제 쓰는 표현일까? '~(으)로써'는 도구나 수단을 나타낼 때 쓰이는 표현이야. '닭으로써 식사를 해결했다.'를 예로 들 수 있을 것 같다. 알고 보니까 정말 다른 표현이지? 이러한 표현들은 여러 개가 있어. 이번에도, 내가 제일 좋아하는 정리법인 표를 활용할 거야.

구별하여 적는 말	의미	활용 예시
이따가 있다가	이따가 : 잠시 후에 있다가 : 존재했다가	이따가 오너라. 돈은 있다가도 없다.
늘이다 늘리다	늘이다 : 길게 하다 늘리다 : 수를 많아지게 하다	고무줄을 늘인다. 과제를 늘리다.
~(으)러 ~(으)려	~(으)러 : 목적 ~(으)려 : 의도	공부하러 간다. 집에 가려 한다.

▲ 구별하여 적는 말과 의미, 예시

실제로 헷갈렸던 것들이 많지? 나도 맞춤법 중에서는 이 부분이 가장 헷갈리더라……. 그렇지만 한번 알아 두면 굉장히 유용하게 쓰일 수 있는 표현들이라고 생각해. 잘 알아 두자.

3. 두음 법칙

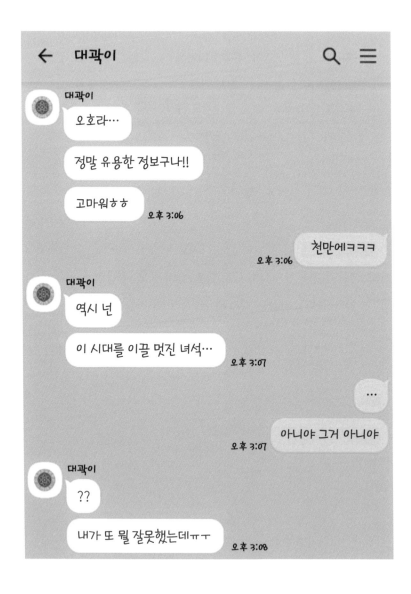

음……. 칭찬해 줘서 고마워. 나도 내가 참 멋진 여자라는 것은 알고 있지. 그렇지만 '여성'이라고 쓰는 것이 올바른 표현이야. 여성은 '女(여자 녀) 性(성품 성)'로 표기되는 한자어야. 단어를 보면 첫 글자인 '女'가 '녀'라고 읽히는 것을 볼 수 있어. 그런데 이 글자가 단어의 맨 앞으로 오면서 '여'로 읽히게 된 거야. 이런 규칙을 '두음 법칙'이라고 해. 두음 법칙은 '일부 소리가 단어의 첫머리에 발음되는 것을 꺼려 나타나지 않거나 다른 소리로 발음되는 일'을 뜻해. 한글 맞춤법의 '두음 법칙' 항목에 쓰여 있는 규칙을 보자. '한자음 '녀, 뇨, 뉴, 니'가 단어 첫머리에 올 적에는, 두음 법칙에 따라 '여, 요, 유, 이'로 적는다.'라고 적혀 있지? 마찬가지로 '한자음 '랴, 려, 례, 료, 류, 리'가 단어의 첫머리에 올 적에는, 두음 법칙에 따라 '야, 여, 예, 요, 유, 이'로 적는다.'라는 규정도 있어. '한자음 '라, 래, 로, 뢰, 루, 르'가 단어의 첫머리에 올 적에는, 두음 법칙에 따라 '나, 내, 노, 뇌, 누, 느'로 적는다.'라는 규정도 있네. '요소'라는 단어를 예시로 들어볼까. 요소는 체내에서 단백질이 분해된 뒤에 생성되는 노폐물이야. 오줌 속에 섞여서 몸 밖으로 배출되지. 한자로는 '尿(오줌 뇨) 素(흴 소)'로 표시해. '尿'가 쓰인 다른 한자어를 보자. 당뇨는 오줌에 당이 섞여서 나오는 병이야. 인슐린이라는 호르몬의 분비가 정상적이지 않아서 발생하는 병이지. 한자로는 '糖(사탕 당) 尿(오줌 뇨)'로 표시해. 한자 '尿'가 단어에서의 위치에 따라 단어 첫머리에서는 '요', 그 외의 위치에서는 '뇨'로 다르게 표기되는 것을 볼 수 있지? 이처럼 두음 법칙은 단어에서의 위치에 따라 다르게 표기되는 형태소에 대해 설명하기 위한 법칙이야. 주의해서 써야겠지? 그럼 자주 사용되고 헷갈리는 예시들을 정리해 보자. 이번에도, 그래 나는 표를 사용할 거야. (어떡하라고 난 표로 정리하는 것이 제일 편하단 말이야!!) 표로 설명할 거야.

두음 법칙	표기	사용 한자와 그 음독
'ㄴ' → 'ㅇ'	연세(年歲) 익명(匿名) 연도(年度)	年(해 년)　歲(해 세) 匿(숨을 닉)　名(이름 명) 年(해 년)　度(법도 도)
'ㄹ' → 'ㅇ'	양심(良心) 예의(禮儀) 예법(禮法)	良(좋을 량)　心(마음 심) 禮(예도 례)　儀(거동 의) 禮(예도 례)　法(법 법)
'ㄹ' → 'ㄴ'	낙원(樂園) 노년(老年) 뇌우(雷雨)	樂(즐길 락)　園(동산 원) 老(늙을 로)　年(해 년) 雷(우뢰 뢰)　雨(비 우)

▲ 두음 법칙의 종류와 그 예시

봐, 표로 정리하니까 편하잖아. 내가 너를 위해서 표시까지 했단 말이야. 표시한 글자들을 보면 단어 첫머리에 오면서 표기가 달라졌다는 것을 알 수 있어. 이러한 형태소들은 단어 첫머리가 아닌 경우에는 원래대로 표기돼. '은닉(隱(숨을 은) 匿(숨길 닉))', '쾌락(快(쾌할 쾌) 樂(즐길 락))' 등의 단어가 예시가 될 수 있겠지. 이런 두음 법칙에는 예외도 있으니 잘 알고 쓰는 것이 좋겠어.

4. 표기의 원칙

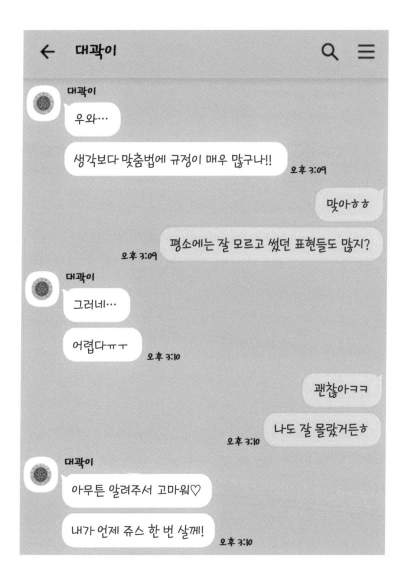

맞춤법을 틀린 것은 아니야. 내가 맞춤법 하나는 잘 가르친 것 같다. 아주 뿌듯해. 그런데 말이야…… 국어에는 외래어를 표기하는 방법이 따로 규정되어 있어. 그래서 '외국에서 들어온 말이니까 내 맘대로 써도 상관없잖아!!'라고 생각하면 안 돼. 일단 '쥬스'라는 표현은 '주스'로 고쳐야 해. 외래어를 한글로 표기할 때 'ㅈ, ㅊ' 뒤에는 이중 모음을 사용하지 않거든. 그래서 '쵸콜릿'이 아니라 '초콜릿', '텔레비젼'이 아니라 '텔레비전'으로 표기하는 것이 맞아. 다른 규칙에는 또 어떤 것이 있을까?

가장 대표적인 규칙으로는 받침으로 쓰는 자음의 제한이 있다는 거야. 받침에는 'ㄱ, ㄴ, ㄹ, ㅁ, ㅂ, ㅅ, ㅇ'만을 쓴다고 제한해 놓았거든. 그래서 '커피숖'이 아니라 '커피숍'이 옳은 표기이고, '슈퍼마켙'이 아니라 '슈퍼마켓'이 옳은 표기이지.

두 번째 규칙은 '파열음의 표기에는 된소리를 쓰지 않는다.'는 거야. 실제 발음이 된소리에 가깝게 나는 외래어들이 있어. '서비스', '카페' 등이 여기에 속하지. 실제로 이런 단어들을 '써비스', '까페'

로 발음해도 별다른 위화감은 없을 거야. 원래 우리말에 없던 말들이니까. 그래도 표기할 때는 된소리를 써서는 안 돼. 알겠지? 왜냐고 물으면……. 그건 나도 잘 모르겠어. 그렇지만 표기의 규칙을 통일해야 서로서로 소통하는 것이 편리해지기 때문이 아닐까? 원래 이러한 규칙이 정해진 이유가 소통을 편하게 하기 때문이잖아. 그러니까 우리는 이런 규칙들을 지켜서 올바른 소통 문화를 만들어가야 한다고 생각해, 너의 생각은 어때?

| 참고 문헌 |

『한국어 어문 규범』, 국립국어원
김홍범, 『개념 있는 국어문법』, 지학사, 2013

| 삽화 제작 |

작가 본인, 안드로이드 앱 '톡썰메이커' 사용

카톡 속에서 흔히 하던 맞춤법 실수들……
많이 헷갈렸지?
이과생이 알려주는 올바른 맞춤법!
책을 펼치면 알 수 있을 거야!

맺음말

어려웠습니다. 문법적인 내용이 어려웠다기보다는 어떤 예시를 들어야 쉽게 이해할 수 있을까, 어떻게 전개해야 자연스럽게 이어질 수 있을까 하는 고민이 가장 많이 들었습니다. 어떻게 하면 웃음을 줄 수 있는 요소들을 사이사이에 잘 집어넣을 수 있을지가 가장 어려웠습니다. 그만큼 재미도 있었습니다. 새로운 것을 알아가는 재미가 가장 컸습니다. 다른 사람을 위한 책이 아니라 저를 위한 책이 아닌가 하는 생각도 듭니다. 제가 저를 가르치는 기분으로 책을 썼습니다. 그래도 꽤 정확한 맞춤법을 사용하고 있다고 자부하고 있었는데 이렇게나 모르고 있던 것이 많았다니 부끄럽기만 했습니다. 이런 문법 실력으로 남을 가르치는 책을 써도 되나 싶을 정도로. 그렇지만 스스로 배울 수 있는 자만이 남을 가르칠 수 있다고 생각하 니, 저 스스로 배우고 실력을 키우기 위해 열심히 노력했습니다.

책을 쓰며 가장 안타까웠던 것은 여러 가지 과제에 공부에 바쁜 와중에 책 쓰기를 하여 온전히 책 쓰기에 집중하지 못했던 것입니다. 시간이 조금만 충분했더라면 더 좋은 책이 나오지 않았을까 하는 아쉬움이 남습니다.

독자 여러분께서 이 책을 읽고 어떤 생각을 하실지 잘 모르겠습니다. 제 나름대로 쉽게 풀어쓴다고 썼는데 어떻게 읽힐지는 전혀 감이 안 잡힙니다. 작가가 초짜여서 그렇겠지요. 많이 부족한 글입니다. 그럼에도 불구하고 끝까지 읽어 주시고 응원해 주신 독자 분들께 진심으로 감사의 인사를 전합니다. 마지막으로 이 책이, 우리의 '이과생'이 마지막에 던진 질문의 답에 대해 생각해 보는 기회가 되었으면 하며 저는 이만 물러나겠습니다.

2020년 1월
대구과학고등학교 32기 박지현